孩子乐园 甜心天使

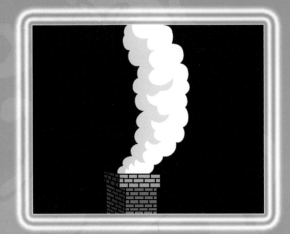

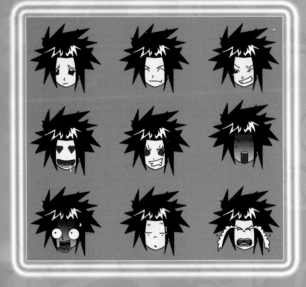

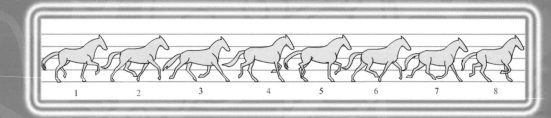

21世纪职业教育规划教材——游戏·动画系列

Flash 运动规律与游戏制作教程

高 艳 编著

www.waterpub.com.cn

内 容 提 要

本书主要以实例的形式，向读者讲解自然现象、人物运动、动物运动的运动规律和制作技巧，还介绍了 Flash 游戏制作技巧与应用。

主要章节包括：自然现象、人物运动规律、动物运动规律、Flash 游戏基础、Flash 游戏实战。

各章的内容讲解都以实例操作为主，案例简单实用、生动有趣。操作步骤详尽，选例注重社会实际需要，画面生动、趣味性强。注重激发学生学习兴趣和动手能力。

本书适合作为职业院校游戏·动漫专业的教程，适合掌握了 Flash 动画制作技巧和方法的读者提高使用，也可作为相关专业师生、动画爱好者、Flash 游戏制作者自学参考使用。

本书主要素材和源文件提供下载，如有需要，可到中国水利水电出版社或万水书苑网站免费下载，网址：http://www.waterpub.com.cn/softdown/或 http://www.wsbookshow.com。

图书在版编目（CIP）数据

Flash运动规律与游戏制作教程 / 高艳编著. -- 北京 : 中国水利水电出版社，2010.1

21世纪职业教育规划教材. 游戏·动画系列
ISBN 978-7-5084-7020-7

Ⅰ. ①F… Ⅱ. ①高… Ⅲ. ①动画－设计－图形软件，Flash－职业教育－教材②游戏－应用程序－程序设计－职业教育－教材 Ⅳ. ①TP391.41②G899

中国版本图书馆CIP数据核字(2009)第217437号

策划编辑：石永峰　责任编辑：李 炎　加工编辑：李 皓　封面设计：李 佳

书　　名	21世纪职业教育规划教材——游戏·动画系列 Flash 运动规律与游戏制作教程
作　　者	高 艳 编著
出版发行	中国水利水电出版社 （北京市海淀区玉渊潭南路 1 号 D 座　100038） 网址：www.waterpub.com.cn E-mail：mchannel@263.net（万水） 　　　　sales@waterpub.com.cn 电话：(010) 68367658（营销中心）、82562819（万水）
经　　售	全国各地新华书店和相关出版物销售网点
排　　版	北京万水电子信息有限公司
印　　刷	北京蓝空印刷厂
规　　格	184mm×260mm　16 开本　14 印张　342 千字　2 彩插
版　　次	2010 年 1 月第 1 版　2010 年 1 月第 1 次印刷
印　　数	0001—3000 册
定　　价	25.00 元

序

自 1998 年教育部机构改革以后，高等职业教育、成人职业教育、中等职业教育"三教统筹"，各具特色，形成了共同发展职业教育的可喜局面。根据国务院《关于大力发展职业教育的决定》（国发[2005]35 号）和周济部长 2005 年 6 月 14 日在《全国县级职业教育中心改革与发展座谈会上的讲话》精神，根据职业教育"培养生产、服务、管理第一线需要的实用人才"和推行"半工半读、工学结合，强化实践教学"等规定文件精神，结合当前我国职业教育改革发展实际情况，对我国传统的教学模式提出了挑战，以提高人才培养质量为目的、人才培养模式改革与创新为主题的专业教学改革势在必行。

职业教育的培养目标较宽泛，其上限为技术型人才，下限为技能操作型人才，而主体则为技术应用型人才。以培养技术应用能力和提高职业素质为主线，设计学生的知识、能力和素质结构是职业教育改革的重点。在职业教育改革发展的同时，出现了许多亟待解决的问题，其中最主要的是按照职业教育培养目标的要求，培养一批"双师型"的骨干教师，编写出一批有特色的基础课程和专业主干课程教材。

教材改革是职业院校教育改革的重点，是职业院校学科建设的关键，是教学改革的基础。为解决当前职业教材匮乏的现象，由中国水利水电出版社/北京万水电子信息有限公司精心策划，与全国数十所职业院校联合组织编写了这套"21 世纪职业教育规划教材"。本套教材全面贯彻国家有关职业教育改革文件精神，从策划到主编、主审的遴选，从成立专家组反复讨论教学大纲，研究系列教材特色特点到书稿的字斟句酌、实例的选取，每一步都力争精益求精，充分考虑当前职业院校学生的特点，在编写教材中，以最新的理论为指导，以实例化操作为主线，通过案例引入、知识拓宽、综合训练等环节使学生掌握最基本的操作技能方法。

本套教材凝聚了数百名奋斗在职业教育第一线的教师多年的教学经验和智慧，教材内容选取新颖、实用，层次清晰，结构合理，文笔流畅，质量上乘。

本套教材涉及计算机、电子、数控、机械等专业的基础课和专业课课程，适合当前我国各类职业院校作为教材使用。

大力发展职业教育，加快人力资源开发，是落实科教兴国战略和人才强国战略，推进我国走新型工业化道路，解决"三农"问题，促进就业再就业的重大举措；是提高国民素质，把我国巨大人口压力转化为人力资源优势，提升我国综合国力，构建和谐社会的重要途径；是贯彻党的教育方针，遵循教育规律，实现教育事业全面协调可持续发展的必然要求。相信这套"21世纪职业教育规划教材"的出版能为我国职业教育的教学改革和教材建设略尽绵薄之力。

金无足赤，人无完人，本套教材难免会有不足之处，恳请各位专家和读者批评指正。

21 世纪职业教育规划教材编委会
2006 年 6 月

前　言

Flash 动画和 Flash 游戏深受大家的喜欢，它操作简单，功能强大，文件小，在互联网上尤为盛行。

Flash 动画出现的短短十年，极大地丰富了人们的娱乐方式，构筑了网络动画学习和制作的新平台，正以前所未有的速度带动着众多 Flash 爱好者加入 Flash 动画学习和制作的队伍中来，无可争议地成为网络动画领域的王者。

Flash 现已成为大多数中等职业技术学校游戏动画专业、计算机应用专业的必修课程。Flash 可以体现和提高创作思维能力、造型绘画能力、角色形象设计能力、影视语言、镜头和软件制作能力等。使用 Flash 制作的动画作品，能满足社会多行业对动画作品的需求。

本书重点介绍了自然现象、人物运动规律、动物运动规律、Flash 游戏基础、Flash 游戏实战等内容。以实例为主，并在选例上注重社会实际需要，画面生动、趣味性强。有利于激发学生学习兴趣和动手能力。该书非常适用于中等职业技术学校游戏动画专业学生动画制作提高之用，也适合 Flash 游戏制作爱好者学习和提高。

本书的主要特色是：作为 Flash 动画学习的初级阶段，以培养学生学习兴趣为中心，在教学过程中将 Flash 的基础知识和动画原理贯穿于大量实例的操作过程中，避免了理论学习的枯燥；本书针对读者群体的特点，注重基础理论和实操技能培养的同时，实例设计大多源自实际应用，以达到与社会实际需求接轨之目的。

本书由高艳编著，姚业华进行审稿，周思晓、王农高、林罗龙、陈妍、魏媛媛等老师为本书的编写提供了建议和帮助。特此一并致谢！

由于编者水平有限，加之时间仓促，书中不足之处在所难免，恳请各位同仁、广大读者批评指正。

编　者
2009 年 10 月

目　录

第 1 章 自然现象

本章重点

- ✖ 风的制作
- ✖ 雨雪水制作
- ✖ 烟火制作

本章难点

- ✖ 制作风
- ✖ 制作波浪
- ✖ 制作爆炸

学习目标

- ✖ 掌握 Flash 自然现象的制作方法
- ✖ 掌握补间、路径等制作技巧和应用
- ✖ 了解 Flash 动画中自然现象的表现方法

Flash 动画中经常要出现四季的景象、天气的变化以及环境的表现。如何表现譬如风、雨、雪、火和爆炸等自然现象呢？自然现象在我们的生活中经常遇到，但要在 Flash 中表现出来，必须先了解自然现象的运动规律，再使用线条等将它们绘制出来。运用自然现象能在动画中起到渲染作用，是动画制作中常用的技巧。本章将通过多个实例分析和讲解自然现象在 Flash 动画中的制作方法和技巧。

1.1　风的制作

风是我们日常生活中最常见的自然现象之一。空气流动便成为风，是一种气流。风的特点是我们一般无法辨认风的形态，只能通过被风吹动的物体的运动察觉到风的存在。在 Flash 动画中，通常采用两种方法来表现风，一是画一些实际上并不存在的流线，来表现运动速度比较快的风；二是通过被风吹动的各种物体的运动来表现风，这种方法更为常用。我们研究风的运动规律和表现风的方法，实际上就是研究被风吹动着的各种物体的运动规律和具体的表现方法。

表现自然形态的风运动规律如下：

风力大，被风吹动的物体运动剧烈，用较少的帧来表现；风力小，被风吹动的物体运动舒缓，用较多的帧来表现；

物体与地面之间角度的变化，接近平行时下降速度慢，接近垂直时下降速度快；

旋风、龙卷风以及风力较强、风速较大的风，仅仅通过被风冲击的物体的运动来间接表现是不够的，一般都要用流线来直接表现风的运动。

1.1.1　花瓣纷飞

【实例 1.1】花瓣纷飞

操作步骤：

步骤 1：新建 Flash 文档，并设置文档尺寸为 550px×400px，帧频为 12fps，如图 1-1 所示。修改"图层 1"名称为"背景"。

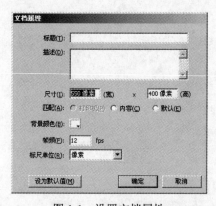

图 1-1　设置文档属性

步骤 2：使用工具箱中合适的工具，绘制一丛小草，填充颜色为#D89710。选中小草，按 F8 键将其转换为名为"草动"的影片剪辑元件，如图 1-2 所示。

图1-2 创建元件

步骤3：双击"草动"影片剪辑元件，进入元件编辑模式。选中"图层1"中的小草，按
F8键弹出"转换为元件"对话框，设置名称为"草"，类型为"图形"，"注册"为中下点，
如图1-3所示。

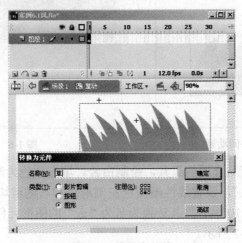

图1-3 转化为元件

步骤4：在"图层1"的第15帧、第30帧处分别按F6键插入关键帧。选中第15帧的"草"
元件，选择工具箱中的"任意变形工具"，调整元件的形状，如图1-4所示。

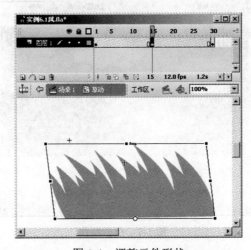

图1-4 调整元件形状

步骤5：分别在各关键帧间创建补间动画，形成小草的动画，如图1-5所示。

步骤6：单击"场景1"按钮，回到主场景。选择工具箱上的"矩形工具"，设置笔触颜色为无，填充颜色为渐变色。在"颜色"面板中设置渐变色类型为"线性"，设置线性渐变色左侧滑块和右侧滑块的颜色分别为#FFFFFF 和#037AC9，Alpha 值均为 100%，并在第 1 帧绘制矩形，将其转换为名为"天空"的图形元件，如图 1-6 所示。

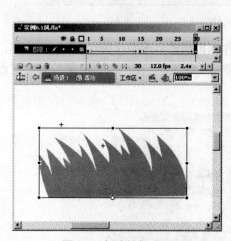

图 1-5　创建补间动画

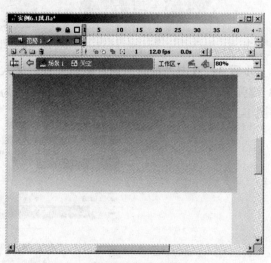

图 1-6　天空元件

步骤 7：选择工具箱上合适的工具，绘制白云。填充颜色为渐变色，在"颜色"面板中设置渐变色类型为"线性"，设置线性渐变色左侧滑块和右侧滑块的颜色分别为#FFFFFF 和#9AEBFE，Alpha 值均为 100%，将其转换为名为"云"的图形元件。并复制多个"云"元件，调整大小和位置，如图 1-7 所示。

图 1-7　白云制作

步骤 8：选择工具箱上合适的工具，绘制花朵。填充颜色为渐变色。在"颜色"面板中设置渐变色类型为"线性"，设置线性渐变色左侧滑块和右侧滑块的颜色分别为#FFFFFF 和#FE8181，Alpha 值均为 100%，将其转换为名为"花朵"的图形元件，如图 1-8 所示。

图 1-8　花朵制作

步骤 9：选择工具箱上合适的工具，绘制树干。填充颜色为#834E2E。将其转换为名为"树干"的图形元件，如图 1-9 所示。

步骤 10：将"花朵"元件和"树干"元件进行组合，调整位置，形成如图 1-10 所示的樱花树，将其转换为名为"樱花树"的图形元件。

图 1-9　树干绘制

图 1-10　制作樱花树元件

步骤 11：单击"场景 1"按钮，回到主场景编辑模式。将"樱花树"图形元件拖放到舞台，并调整位置。在"背景"层的第 62 帧按 F5 键延长帧，如图 1-11 所示。

图 1-11　背景组合

步骤 12：单击时间轴上的"插入图层"按钮，新建名为"后草"的图层。并将"草动"影片剪辑元件拖放到舞台，调整元件大小和位置，如图 1-12 所示。

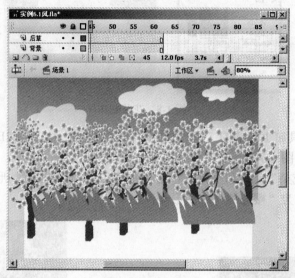

图 1-12　草动组合

步骤 13：单击时间轴上的"插入图层"按钮，新建图层并命名为"草地"。在"草地"层的第 1 帧绘制矩形。填充颜色为渐变色。在"颜色"面板中设置渐变色类型为"线性"，设置线性渐变色左侧滑块和右侧滑块的颜色分别为#D9F4C6 和#ADAD0E，Alpha 值均为 100%，将其转换为名为"草地"的图形元件，如图 1-13 所示。

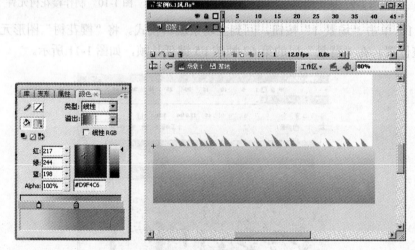

图 1-13　绘制草地

步骤 14：单击"场景 1"按钮，回到主场景编辑模式。将"花朵"和"草地"图形元件拖放到"草地"层第 1 帧，并调整位置，如图 1-14 所示。

步骤 15：单击时间轴上的"插入图层"按钮，新建名为"前草"的图层。并将"草动"影片剪辑元件拖放到舞台，调整元件大小和位置，如图 1-15 所示。

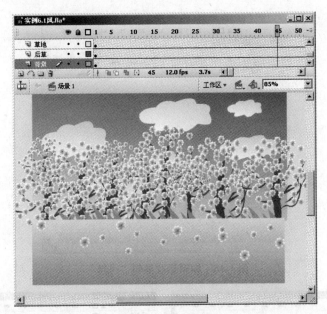

图 1-14　组合草地

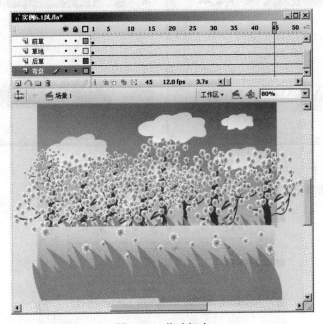

图 1-15　草动组合

步骤16：单击时间轴上的"插入图层"按钮，新建图层并命名为"花瓣"。将库中的"花朵"元件拖放到舞台，选中"花朵"实例后按F8键将其转换为"飞舞"影片剪辑。双击"飞舞"影片剪辑，进入元件编辑模式，如图1-16所示。

步骤17：在"图层1"的第60帧插入关键帧。单击"添加运动引导层"按钮创建引导层，并绘制引导线。调整"花朵"的起始和结束位置，创建补间动画，并设置旋转为"逆时针"，"10次"，如图1-17所示。

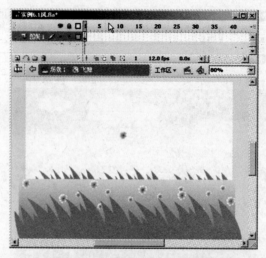

图 1-16　编辑影片剪辑"飞舞"

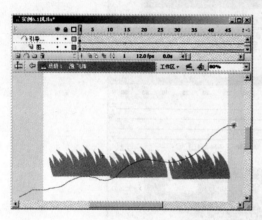 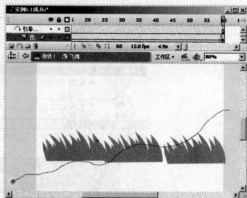

图 1-17　创建引导补间动画

步骤 18：使用同样的方法制作补间动画，如图 1-18 所示。

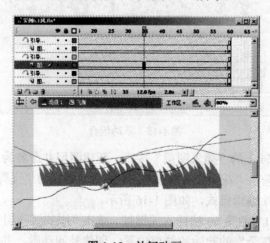

图 1-18　补间动画

步骤 19：单击"场景 1"按钮，回到主场景编辑模式。单击"插入图层"按钮，将图层命名为"遮罩"，并绘制空心白色方框。在"花瓣"和"遮罩"层的第62帧按下F5键，延长帧，预览效果如图1-19所示。

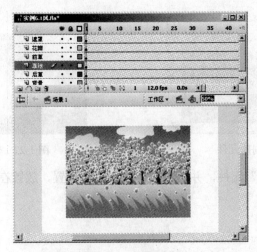

图1-19 白框制作

1.1.2 旗帜飘扬

【实例1.2】旗帜飘扬

操作步骤：

步骤1：新建Flash文档，并设置文档尺寸为550px×400px，帧频为24fps，如图1-20所示。修改"图层1"名称为"背景"。

图1-20 设置文档属性

步骤2：选择工具箱上的"矩形工具"。设置笔触颜色为无，填充颜色为渐变色。在"颜色"面板中设置渐变色类型为"线性"，设置线性渐变色左侧滑块和右侧滑块的颜色分别为#099DFF和#B8E7FA，Alpha值均为100%，并在第1帧绘制矩形。将其转换为名为"天空"的图形元件，如图1-21所示。

步骤3：选择工具箱上合适的工具，绘制白云，并将其转换为名为"白云"的图形元件，如图1-22所示。

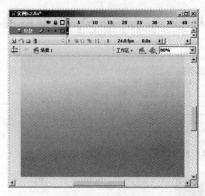

图 1-21　创建元件

图 1-22　转换为元件

步骤 4：复制"白云"元件，并调整元件的大小和位置，放置在"背景"层的第 1 帧，如图 1-23 所示。

图 1-23　调整元件形状

步骤 5：单击时间轴上的"插入图层"按钮，新建名为"红旗"的图层。选择"插入"菜单中的"创建新元件"命令，弹出"创建新元件"对话框，设置名称为"红旗动画"，类型为"图形"的新元件。红旗动画的运动规律如图 1-24 所示。

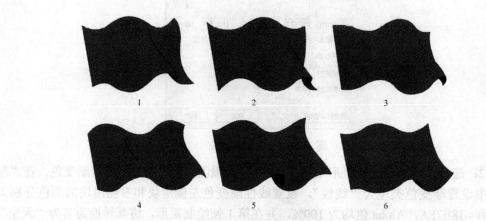

图 1-24　红旗吹动运动规律

步骤 6：进入"红旗动画"元件编辑模式，使用工具箱中合适的工具，绘制红旗动画的第 1 帧。线条颜色选用#990000，填充颜色选用#FF0000，如图 1-25 所示。

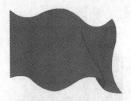

图 1-25　绘制第 1 帧

步骤 7：在第 2 帧按 F7 键，插入一个空白关键帧，并单击"绘图纸外观"按钮，参照第 1 帧的红旗绘制红旗动画的第 2 帧，如图 1-26 所示。

图 1-26　绘制第 2 帧

步骤 8：按照同样的方法绘制红旗动画的第 3 帧，如图 1-27 所示。

图 1-27　绘制第 3 帧

步骤 9：绘制红旗动画的第 4 帧，如图 1-28 所示。

图 1-28　绘制第 4 帧

步骤 10：绘制红旗动画的第 5 帧，如图 1-29 所示。

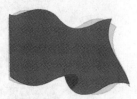

图 1-29　绘制第 5 帧

步骤 11：绘制红旗动画的第 6 帧，如图 1-30 所示。

图 1-30　绘制第 6 帧

步骤 12：在每个关键帧后插入一帧，如图 1-31 所示。

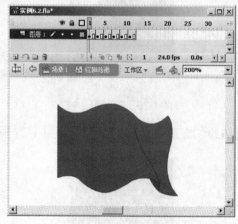

图 1-31　插入帧

步骤 13：单击"场景 1"按钮，回到主场景编辑模式。单击时间轴上的"插入图层"按钮，新建名为"旗杆"的图层。使用工具箱中合适的工具绘制旗杆，并将其转换为名为"旗杆"的图形元件，如图 1-32 所示。

步骤 14：选中所有图层的第 11 帧，按 F5 键插入帧，预览效果，如图 1-33 所示。

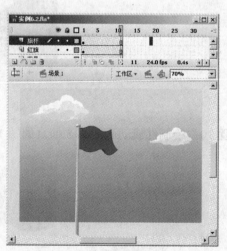

图 1-32　绘制旗杆　　　　　　　　　　图 1-33　预览效果

1.2　雨雪水制作

在动画中，经常出现下雨、下雪、波浪等镜头。只有了解它们的运动规律，才能在动画中将其表现出来。

1.2.1　雨

雨产生于云，云里的小水滴或小水晶互相碰撞，合并增大，形成雨滴。当上升气流托不住它时，便从天上掉下来，成为雨。雨的体积很小，降落的速度较快，因此，只有当雨滴比较大或是距离我们眼睛比较近的时候，才能大致看清它的形态。在较多的情况下，我们眼中看到的雨，往往是由视觉的暂留作用而形成的一条条细长的半透明的直线。

表现自然形态的雨运动规律如下：

雨从空中降落时，本来是垂直的，由于风常常伴随着它，所以我们看到的雨点，往往都是斜着落下来的；

雨的颜色，应根据背景色彩的深浅来定，一般使用中灰或浅灰，只需描线，不必上色；

一般都是画一些长短不同的直线掠过画面。雨丝不一定都平行，可稍有变化，但最好不要出现交叉。

【实例 1.3】雨

操作步骤：

步骤 1：新建 Flash 文档，并设置文档尺寸为 550px×400px，帧频为 12fps，如图 1-34 所示。修改"图层 1"名称为"水面"。

步骤 2：选择"视图"菜单中的"标尺"命令，在舞台上拖出水平和垂直方向的辅助线各两条，分别对齐舞台的 4 条边，如图 1-35 所示。

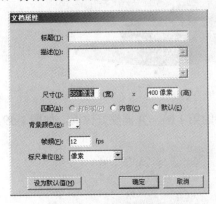

图 1-34　设置文档属性

图 1-35　设置辅助线

步骤 3：选择工具箱上的"矩形工具"，设置笔触颜色为无，填充颜色为渐变色。在"颜色"面板中设置渐变色类型为"线性"，设置线性渐变色左侧滑块和右侧滑块的颜色分别为 #889FA2 和#FFFFFF，Alpha 值均为 100%，并在"水面"图层的第 1 帧绘制矩形。将其转换为名为"天空"的图形元件，如图 1-36 所示。

步骤 4：绘制不同的草丛和草地，如图 1-37 所示，并分别转换为名为"草丛"、"草丛 1"

和"草地"的图形元件。

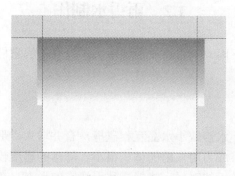

图 1-36　绘制天空

图 1-37　绘制草地

步骤 5：设置草丛和草地的大小与位置，将其转换为名为"远处草丛"的图形元件，如图 1-38 所示。

图 1-38　组合草丛

步骤 6：将"远处草丛"元件拖放到"天空"层的第 1 帧，并调整好位置，如图 1-39 所示。

图 1-39　调整天空位置

步骤 7：单击"插入图层"按钮，创建"水面"图层。将库中的"天空"元件拖放到"水面"图层的第 1 帧，选择"修改"菜单"变形"级联菜单中的"垂直翻转"命令，对元件进行翻转，并设置大小和位置，如图 1-40 所示。

图 1-40 水面制作

步骤 8：单击"插入图层"按钮，创建"荷叶"图层。选择工具箱上合适的工具，绘制如图 1-41 所示的荷叶，并转换为名为"荷叶"的图形元件。

图 1-41 荷叶制作

步骤 9：在"荷叶"图层的第 1 帧，复制并调整"荷叶"元件的大小和位置，如图 1-42 所示。

图 1-42 复制并调整荷叶位置

步骤 10：单击"插入图层"按钮，创建"雨"图层。绘制雨滴形状，并填充颜色。颜色设置为#FFFFFF，Alpha 值为 40%。并将其定义为名为"雨落"的图形元件，如图 1-43 所示。

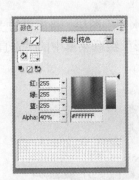

图 1-43　绘制雨

步骤 11：双击"雨落"图形元件，进入元件编辑模式。选择第 1 帧的雨滴，按 F8 键将其转化为"雨滴"图形元件。选中第 10 帧，按 F6 键插入关键帧，将第 10 帧上的元件向下移动，创建补间动画形成雨滴下落的动画效果，如图 1-44 所示。

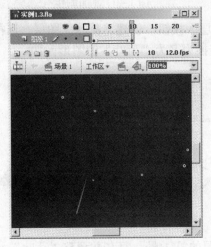

图 1-44　雨下落动画

步骤 12：单击"场景 1"按钮，返回到主场景编辑模式。在"雨"图层的第 1 帧复制多个"雨落"图形元件，调整位置和大小，如图 1-45 所示。

图 1-45　复制雨下落元件

步骤 13：选中所有雨滴，按 F8 键将其转换为名为"雨"的图形元件，双击元件，进入

"雨"元件编辑模式，选中第 10 帧按 F5 键插入帧，如图 1-46 所示。

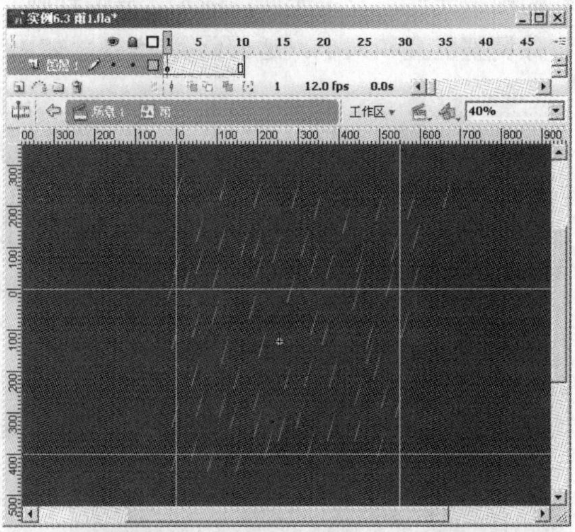

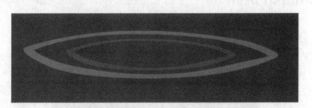

图 1-46　插入帧

步骤 14：单击"场景 1"按钮，回到主场景编辑模式。单击"插入图层"按钮，创建"涟漪"图层。使用工具箱中合适的工具绘制如图 1-47 所示的水圈，填充颜色为#333333，将其转换为名为"水圈"的图形元件。

图 1-47　水圈绘制

步骤 15：选中"水圈"图形元件，按 F8 键转换为名为"涟漪"的图形元件。双击元件，进入"涟漪"图形元件编辑模式。分别在第 2、3、4、5 帧按 F6 键插入关键帧。选中第 2 帧中的图形元件，按组合键 Ctrl+T 打开"变形"面板，设置元件的缩放比例为 120%，如图 1-48 所示。

步骤 16：使用同样的方法，设置第 3 帧元件缩放比例为 140%；第 4、5 帧元件缩放比例为 160%，并设置第 4 帧元件 Alpha 值为 20%，第 5 帧元件 Alpha 值为 0%，如图 1-49 所示。

图 1-48　修改缩放比例

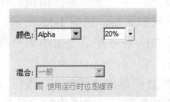

图 1-49　修改 Alpha 值

步骤 17：单击"场景 1"按钮，回到主场景编辑模式。选中"涟漪"元件，按 F8 键将其转换为名为"涟漪动画"的图形元件。双击元件，进入"涟漪动画"编辑模式。在"图层 1"复制几个"涟漪"元件，并调整位置和大小。延长至第 35 帧，如图 1-50 所示。

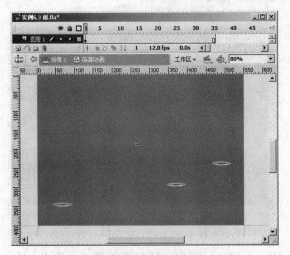

图 1-50　涟漪动画

步骤 18：单击"插入图层"按钮，插入新的图层。在第 1 帧拖放"涟漪"图形元件，并调整位置和大小，如图 1-51 所示。

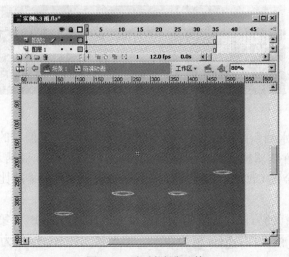

图 1-51　复制涟漪元件

步骤 19：继续创建新的图层，按同样的方法复制"涟漪"元件到不同的层，并适当排列元件的位置和大小，如图 1-52 所示。

步骤 20：在各层适当地添加空白关键帧，形成涟漪先后不同顺序出现的动画效果，如图 1-53 所示。

步骤 21：单击"场景 1"按钮，返回到主场景编辑模式。单击"插入图层"按钮，创建"近处草丛"图层。将库中的"草丛"元件拖放到"近处草丛"图层的第 1 帧，并设置大小和位置，如图 1-54 所示。

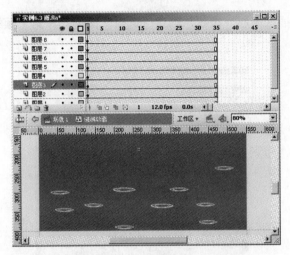

图 1-52　涟漪图层

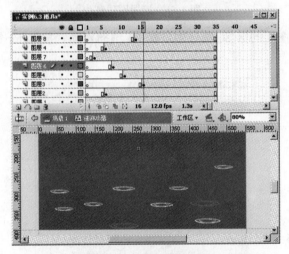

图 1-53　调整关键帧位置

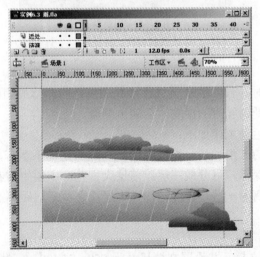

图 1-54　近处草丛

步骤 22：单击"插入图层"按钮，创建"遮罩"图层。在第 1 帧绘制空心的矩形框，如图 1-55 所示。

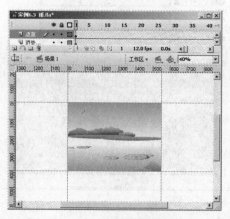

图 1-55　遮罩图层制作

步骤 23：将所有图层的第 80 帧选中，按 F5 键插入帧。按 Enter 键预览效果，如图 1-56 所示。

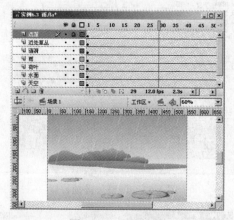

图 1-56　预览效果

1.2.2　雪

气温低于摄氏零度时，云中的水蒸气直接凝成白色的晶体成团地飘落下来，就是雪。雪花轻，在飘落过程中，受到气流的影响，会随风飘舞。

表现自然形态的雪运动规律如下：

雪花飘落呈不规则的 S 形曲线。雪花总的运动趋势是向下飘落，但无固定方向；

表现远近透视的纵深感，可分成三层：前层大雪花；中层中雪花；后层小雪花；

前层大雪花运动距离大一些，速度稍快，中层次之；后层距离小，速度慢。

【实例 1.4】雪

操作步骤：

步骤 1：新建 Flash 文档，并设置文档尺寸为 550px×400px，帧频为 12fps，如图 1-57 所示。修改"图层1"名称为"背景"。

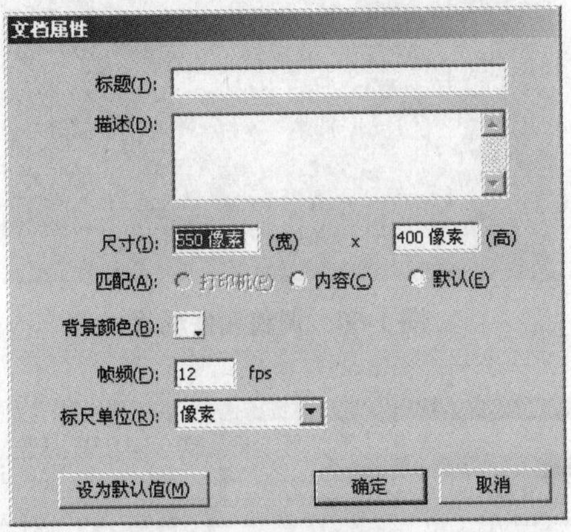

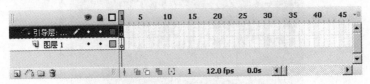

图1-57 设置文档属性

步骤2：单击"插入图层"按钮，创建"雪花3"图层。选择"插入"菜单中的"创建新元件"命令，创建名为"大雪花动画"的图形元件。进入该元件编辑模式。在元件时间轴上单击"添加运动引导层"按钮，为"图层1"添加引导层，如图1-58所示。

图1-58 添加引导层

步骤3：选择工具箱上的"铅笔工具"，在引导层的第1帧绘制引导线，并在第100帧按F5键插入帧，如图1-59所示。

图1-59 转换为元件

步骤4：选择"图层1"的第1帧，绘制白色的圆点，按F8键将其转换为名为"大雪花粒"的图形元件。选择工具箱中的"选择工具"，将"大雪花粒"图形元件拖动到引导线的一端对齐，如图1-60所示。

步骤5：选择"图层1"的第100帧，按F6键插入关键帧，选中第100帧的"大雪花粒"元件，拖动到引导线的另一端对齐，制作补间动画，如图1-61所示。

图 1-60　调整元件形状

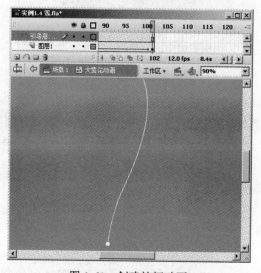

图 1-61　创建补间动画

步骤 6：使用同样的方法，制作其他雪花下落的补间动画，如图 1-62 所示。

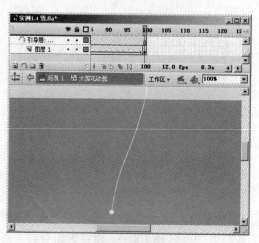

图 1-62　其他雪花小落动画

步骤 7：单击"场景 1"按钮，返回到主场景编辑模式。选择第 100 帧，按 F5 键插入帧，延长主场景帧数。在"雪花 3"图层复制多个"大雪花动画"元件，如图 1-63 所示。

图 1-63　大雪花元件复制

步骤 8：单击"插入图层"按钮，在"雪花 3"图层下创建名为"雪花 2"的图层。选择"插入"菜单中的"创建新元件"命令，创建一个名为"中雪花动画"的图形元件。进入该元件编辑模式，在第 1 帧绘制较小的白色圆点，如图 1-64 所示。

图 1-64　中雪花绘制

步骤 9：选中所有白色圆点，按 F8 键将其转换为名为"中雪花"的图形元件。插入新图层，复制元件，并将其拖放到上部，如图 1-65 所示。

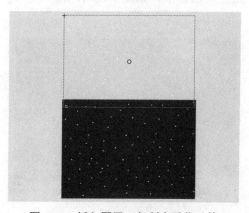

图 1-65　插入图层，复制中雪花元件

步骤 10：选中两个图层的第 100 帧，按 F6 键插入关键帧。将图片向下移动，创建补间动画，如图 1-66 所示。

图 1-66　插入关键帧，创建补间动画

步骤 11：单击"场景 1"按钮，返回到主场景编辑模式。使用同样的方法制作"雪花 1"图层的动画。注意该层的雪花更小更密，如图 1-67 所示。

图 1-67　小雪花动画制作

步骤 12：在"背景"图层增加背景，如图 1-68 所示。

图 1-68　背景制作组合

步骤 13：按 Enter 键预览效果，如图 1-69 所示。

图 1-69　预览效果

1.2.3　波浪

　　波浪是由于江河湖海中的水，在风力等作用下产生的。我们可以简单地理解波浪表面为线的运动。

　　表现自然形态的波浪运动规律如下：

　　根据作用力大小不同，波浪的形状不尽相同；

　　可以采用循环曲线运动来表现波浪。

【实例 1.5】波浪

操作步骤：

步骤 1：新建 Flash 文档，并设置文档尺寸为 300px×300px，帧频为 12fps，如图 1-70 所示。修改"图层 1"名称为"动画"。

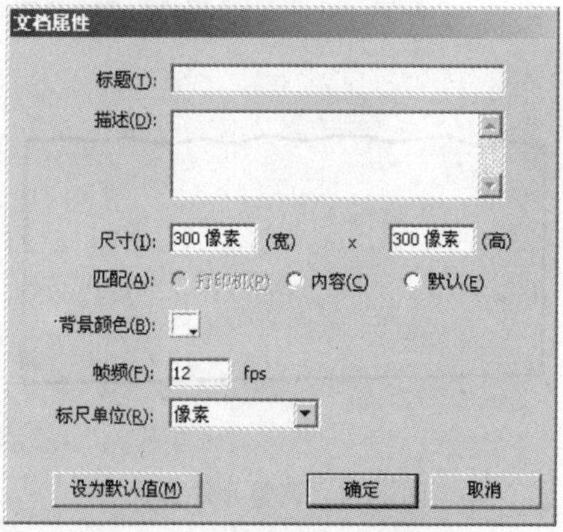

图 1-70　设置文档属性

步骤 2：新建"波浪"影片剪辑元件。进入元件编辑模式，选择工具箱上的"矩形工具"，设置笔触颜色为无，填充颜色为渐变色。在"颜色"面板中设置渐变色类型为"线性"，设置线性渐变色左侧滑块和右侧滑块的颜色分别为#33CCFF 和#7BECF2、Alpha 值分别为 100%和 0%。在第 1 帧绘制矩形，并将其转换为名为"天空"的图形元件，如图 1-71 所示。

图 1-71　绘制天空

步骤 3：单击时间轴上的"插入图层"按钮，新建名为"波浪 1"的图层。绘制一条直线，再用"橡皮擦工具"将其分开，如图 1-72 所示。

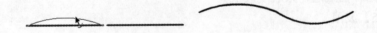

图 1-72　绘制直线

步骤 4：选择工具箱中的"选择工具"，调整直线为波浪线，并连接起来，如图 1-73 所示。

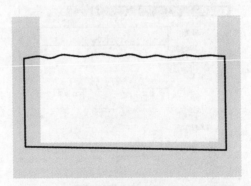

图 1-73　绘制波浪线

步骤 5：复制波浪线，并连成封闭的区域，如图 1-74 所示。

图 1-74　调整元件形状

步骤 6：打开"颜色"面板，设置线性渐变色左侧滑块和右侧滑块的颜色分别为#66CCFF 和#3399CC、Alpha 值分别为 50%和 100%。填充封闭区域，如图 1-75 所示。

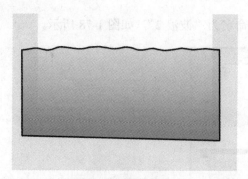

图 1-75　填充颜色

步骤 7：选中波浪图形后，按 F8 键将波浪转换为名为"波浪 1"图形元件。进入元件编辑模式，新建图层，按同样的方法制作波浪块。注意设置为不同颜色，波浪的波峰与波谷要有错位，如图 1-76 所示。

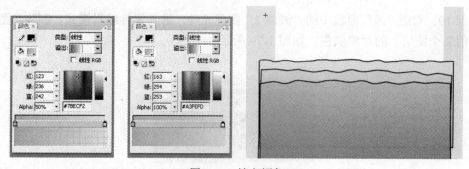

图 1-76　填充颜色

步骤 8：删除笔触颜色。单击"波浪"按钮，回到"波浪"元件编辑模式，如图 1-77 所示。

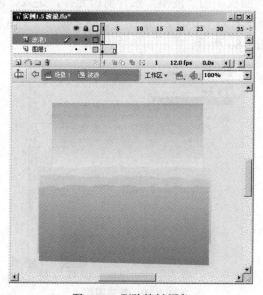

图 1-77　删除笔触颜色

步骤 9：打开"库"面板，选中"波浪 1"元件右击，在弹出的快捷菜单中选择"直接复制"命令,将复制的元件命名为"波浪2",如图1-78所示。

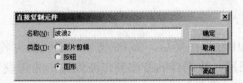

图1-78 直接复制元件

步骤10:双击"库"面板中的"波浪2"图形元件,进入元件编辑模式。删除"图层3",修改其他2个图层上的对象颜色,如图1-79所示。

图1-79 元件修改

步骤11:双击"库"面板中的"波浪"影片剪辑元件,进入"波浪"元件编辑模式。单击"插入图层"按钮,新建名为"波浪2"的图层,将"波浪2"图形元件由"库"面板拖放到该图层的第1帧,如图1-80所示。

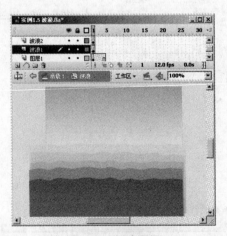

图1-80 新建图层

步骤12:选择两个波浪图层,在第3帧按F6键插入关键帧,将波浪元件向右移动,并延长至第 4 帧，如图 1-81 所示。

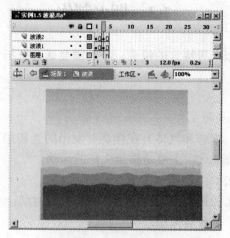

图 1-81　插入关键帧

步骤 13：单击"插入图层"按钮，在"波浪 1"图层上新建名为"石头"的图层，并绘制如图 1-82 所示的石头。

图 1-82　石头绘制

步骤 14：按组合键 Ctrl+Enter 预览效果，如图 1-83 所示。

图 1-83　预览效果

29

1.3 烟火制作

在动画中，经常出现烟火等特定的镜头。我们需要认真分析它们的运动规律，在动画中将其表现出来。

1.3.1 火

火是可燃物体（固体、液体和气体）在燃烧时发出的光和焰，它是动画中常常需要表现的一种自然现象。动画中表现火，主要是描绘火焰的运动。

表现火焰的运动规律如下：

火焰受到气流强弱变化的影响，而出现不规则的曲线运动；

火焰运动是曲线向上，并带有火星。

【实例 1.6】火

操作步骤：

步骤 1：新建 Flash 文档，并设置文档尺寸为 550px×400px，帧频为 24fps，背景色为"黑色"，如图 1-84 所示。修改"图层 1"名称为"动画"。

图 1-84　设置文档属性

步骤 2：选择工具箱中合适的工具，绘制火焰的形状，如图 1-85 所示。

图 1-85　绘制火焰形状

步骤 3：选中火焰形状，按组合键 Ctrl+T 键打开"变形"面板，设置宽度和高度各为 70%，单击"复制并应用变形"按钮复制火焰图形，并调整位置，如图 1-86 所示。

步骤 4：选中复制出的火焰形状，在"变形"面板中设置宽度和高度各为 60%，单击"复制并应用变形"按钮复制火焰图形，并调整位置，如图 1-87 所示。

图 1-86　复制形状

图 1-87　复制形状

步骤 5：设置填充颜色和笔触颜色均为#FF3300，填充中心区域和笔触颜色，如图 1-88 所示。

步骤 6：使用同样的方法填充火焰颜色，颜色分别为#FF6600 和#FF0404，如图 1-89 所示。

图 1-89　填充颜色　　　　　　　　　　　　　　图 1-90　填充颜色

步骤 7：选中火形状，按 F8 键将其转换为名为"火"图形元件。进入元件编辑模式，按 F6 键插入关键帧。选中第 2 帧火焰，选择"修改"菜单"变形"级联菜单中的"水平翻转"命令翻转图形，如图 1-90 所示。

步骤 8：按 F6 键插入关键帧，选中第 3 帧的火焰，按组合键 Ctrl+T 打开"变形"面板，设置宽度为 80%，高度为 100%，按 Enter 键确认修改图形宽度，如图 1-91 所示。

步骤 9：在各关键帧后按 F5 键插入帧，如图 1-92 所示。

步骤 10：单击"场景 1"按钮，返回主场景编辑模式，绘制如图 1-93 所示的蜡烛。

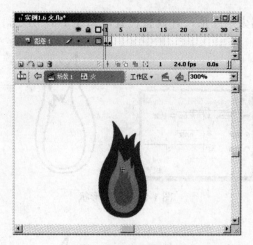

图 1-90　水平翻转

图 1-91　变形

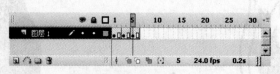

图 1-92　插入帧

步骤 11：填充蜡烛的颜色，如图 1-94 所示。

图 1-93　绘制蜡烛

图 1-94　填充颜色

步骤 12：选中蜡烛，按 F8 键将其转换为名为"蜡烛"的图形元件。进入元件编辑模式，在第 5 帧处按 F6 键插入关键帧。修改第 5 帧的填充颜色，并在第 8 帧处按 F5 键插入帧，如图 1-95 所示。

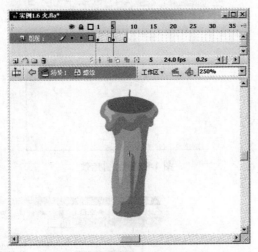

图 1-95　插入关键帧，修改颜色

 提示　第 5 帧填充较第 1 帧亮的颜色，形成闪动的效果。

步骤 13：单击"场景 1"按钮，返回主场景编辑模式。设置"颜色"面板如图 1-96 所示，类型为"放射状"，渐变色左侧滑块颜色为#FF9900，Alpha 值为 70%；右侧滑块颜色为#FFFF00，Alpha 值为 70%。

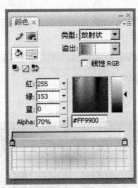

图 1-96　设置渐变色

步骤 14：使用"椭圆工具"绘制光晕，按 F8 键将其转换为名为"光效"的图形元件，双击进入该元件的编辑模式，并延长帧到第 4 帧，如图 1-97 所示。

步骤 15：在第 5 帧处按 F6 键插入关键帧，修改"颜色"面板左边滑块的颜色为#FF3300，调整第 5 帧中的光晕颜色，如图 1-98 所示。

步骤 16：单击"场景 1"按钮，返回主场景编辑模式。将前面制作的图形元件组合，并在第 30 帧处按 F5 键插入帧。按 Enter 键预览效果，如图 1-99 所示。

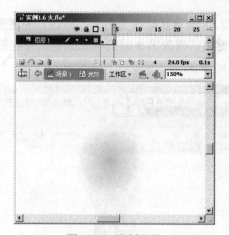

图 1-97　绘制光效

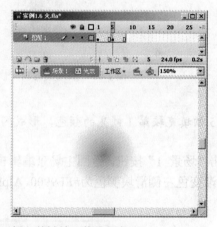

图 1-98　插入关键帧，修改颜色

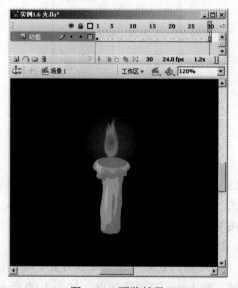

图 1-99　预览效果

1.3.2　烟

烟是可燃物质（如木柴、煤炭、油类等）在燃烧时所发生的气状物。由于燃烧程度不同，烟的浓度也不一样：燃烧不完全时，烟比较浓烈，是浓烟；燃烧完全时，烟比较轻淡，是轻烟。

表现烟的运动规律如下：

浓烟密度大，形态变化较少，消失得比较慢；

浓烟要表现一团团的烟球在整个烟体内上下翻滚的运动；

轻烟密度小，体态轻盈，变化较多，消失得比较快；

轻烟一般表现整个烟体外形的运动和变化，拉长、分离、变细、消失等。

【实例1.7】烟

操作步骤：

步骤1：新建 Flash 文档，并设置文档尺寸为 400px×400px，帧频为 24fps，背景颜色为"黑色"，如图 1-100 所示。修改"图层 1"名称为"烟"。

图 1-100　设置文档属性

步骤2：选择工具箱中合适的工具，绘制烟的形状，如图 1-101 所示。

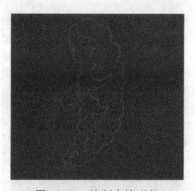

图 1-101　绘制火焰形状

步骤3：选中烟形状，按 F8 键将其转换为名为"浓烟"的图形元件。双击进入该元件编辑模式，在第 2 帧按 F7 键插入空白关键帧，使用绿色笔触绘制烟的形状，如图 1-102 所示。

步骤4：选中第 1 帧，按 F7 键，在两个关键帧中间增加空白关键帧。单击"绘图纸外观"按钮，根据两个关键帧绘制中间帧的烟形状，如图 1-103 所示。

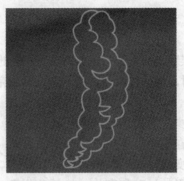

图 1-102　绘制直线

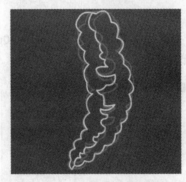

图 1-103　绘制波浪线

 提示　绘制时注意烟向上攀升的运动规律。

　　步骤 5：复制第 1 帧的形状在第 4 帧，并在第 3 帧后按 F7 键插入空白关键帧。根据第 3 帧和第 5 帧的形状绘制中间帧的烟形状，如图 1-104 所示。

图 1-104　调整元件形状

　　步骤 6：删除第 5 帧后，分别使用#CCCCCC 和#FFFFFF 颜色填充各关键帧烟的颜色，并延长各关键帧，如图 1-105 所示。

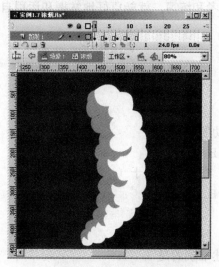

图 1-105　填充颜色

步骤 7：单击"场景 1"按钮，返回主场景编辑模式。单击"插入图层"按钮，在"烟"图层上创建名为"烟囱"的图层，并绘制烟囱。选中各层的第 12 帧，按 F5 键插入帧，如图 1-106 所示。

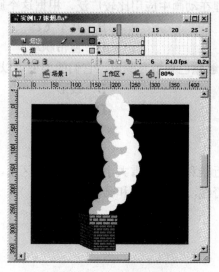

图 1-106　绘制烟囱

本章小结

本章主要介绍了 Flash 中自然现象的主要规律和动画制作技巧。自然现象的动画效果在烘托剧情和动画场景中有着很重要的作用，能够增强视觉冲击力，是制作高级动画必须的元素之一。自然现象千变万化，制作自然现象动画效果的方法也很多，本章主要介绍了几种常见的自然现象和制作方法，如要提高制作水平，还需要读者在平时多注意观察，并借鉴其他优秀动画作品。通过不断的思考和练习，就能更好地掌握和运用自然现象特效动画的制作。

习题一

单选题

1. 雪是以什么方式运动的？（ ）
   A. 曲线　　　　　B. 直线　　　　　C. 弧线　　　　　D. 斜线
2. 在"参数"面板中，参数只适用于（ ）。
   A. 组件　　　　　B. 图形元件　　　C. 文本　　　　　D. 按钮

多选题

1. 下列对烟火效果描述准确的是（ ）。
   A. 烟的底部运动缓慢，上部运动剧烈
   B. 浓烟的运动是翻转向上攀升的过程
   C. 剧烈燃烧时，火焰周围带有火星
   D. 火焰燃烧时外焰运动比内焰剧烈
2. 旗子飘动的运动原理在动画中应用比较广泛，根据这个原理可以制作（ ）。
   A. 长发飘动　　　　　　　　　B. 叶子飞舞
   C. 云彩飘动　　　　　　　　　D. 窗帘飘动
3. "颜色"面板中有笔触颜色和填充颜色，它们的类型可以设置为（ ）。
   A. 纯色　　　　　　　　　　　B. 线形
   C. 放射状　　　　　　　　　　D. 位图

判断题

1. 绘制雪的动画时，近景和远景的雪大小和速度都有区别。（ ）
2. 微风时，旗子飘动舒缓，所用帧数和画面较少。（ ）

第 2 章　人物运动规律

本章重点

✖ 人物走动画制作
✖ 人物跑步动画制作
✖ 人物表情动画制作
✖ 人物转头等其他动作动画制作

本章难点

✖ 人物走运动规律
✖ 人物跑运动规律
✖ 人物表情动画制作

学习目标

✖ 掌握 Flash 中人物走动画制作技巧
✖ 掌握 Flash 中人物跑动画制作技巧
✖ 掌握人物表情动画制作
✖ 掌握人物转头等其他动画制作
✖ 了解 Flash 人物走和跑的运动规律

Flash 动画中经常要出现人物的走动、奔跑、面部表情、口型对白、转头等动作。要完成人物常规动作的动画制作，首先要掌握人物运动的规律，使得动画生动自然。本章将通过多个实例，分析和讲解人物运动规律及在 Flash 动画中的制作方法和技巧。

2.1　人物走

人物走路动画在 Flash 中经常使用，我们先要掌握人物走时的运动规律，才能更好的完成动画。人物走动画可以从不同方向观察，比如侧面、正面等。总的来说，他们的规律是一致的，通过仔细的观察和研究后，可以制作出不同角度观察的人物行走动画。

2.1.1　人物走规律

人在走路时的基本规律：左右两脚交替向前，当左脚向前迈步时左手向后摆动，右脚向前迈步时右手向后摆动。在走的过程中，头的高低形成波浪式运动，当脚迈开时头的位置略低，当一脚直立另一脚提起将要迈出时，头的位置略高，如图 2-1 所示。

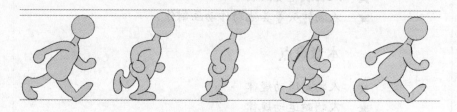

图 2-1　人物侧面行走规律图

在动画中，我们除了要制作从侧面观察人物走路外，还需制作正面观察和其他角度观察人物的走路动画。在掌握走路的基本规律基础上，从正面观察人的走路，要注意透视关系，而且肩部和盆骨的运动，会带动身体左右倾斜，人体头部的位置不仅有高低的变化，随着身体的左右倾斜，头部会产生左右摇摆的弧线运动，如图 2-2 所示。

图 2-2　人物正面行走示意图

人物在行走时，当腿向前迈步时，同侧的胳膊是做相反运动的（向后摆）；同时肩膀和盆骨的运动也是相反的，如图 2-3 所示。

双腿有合并的情况，双腿从分开到合并，再分开，循环连贯就形成了走路动画，如图 2-4 所示。

胳膊在走动中以肩胛骨为轴心做弧线摆动。

人物在行走时，头会有高低起伏。着地腿直立时，达到最高点；双脚迈开时，达到最低点，如图 2-5 所示。

图 2-3　人物基本动作

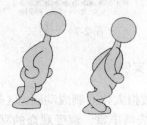

图 2-4　双脚合并动作

图 2-5　头部位置分析

提示　　人物走路双脚迈开和双脚合并时共 4 张图为最基本的人物走路图，我们称之为"原画"。在每两张原画之间再添加的动画，叫做中间画。中间画的添加，可以使得动画更为流畅和自然。

　　在制作人物行走动画时，先制作原画，然后再添加中间画，形成人物行走的逐帧动画，如图 2-6 所示。

原画　　　　中间画　　　　中间画　　　　原画
图 2-6　原画和中间画

提示

制作好人物行走逐帧动画后，我们可以在每个关键帧后面增加一帧，这就是"一拍二"。如果帧频为 24 帧/秒，而人走一个完整步需要 1 秒的时间，那么一个完整步只需要绘制 12 个关键帧，因此需要把 1 帧的画面当作两帧的画面来用，即"一拍二"，如图 2-7 所示。

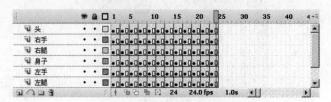

图 2-7　一拍二

2.1.2　Q 版"人物"正面走实例

在 Flash 中有些动物角色常被拟人化而制成动画。这些角色在保持动物基本特征外，大多像人一样直立行走，穿着衣裤，表情丰富，深受观众的喜欢。下面就介绍拟人化的 Q 版"人物"正面走在 Flash 中的制作方法。

【实例 2.1】Q 版"人物"正面走

步骤 1：新建 Flash 文档，并设置文档尺寸为 550px×400px，帧频为 24fps，如图 2-8 所示。

图 2-8　设置文档属性

步骤 2：选择"插入"菜单中的"创建新元件"命令，创建一个名为"正面走"的图形元件，如图 2-9 所示。

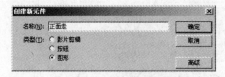

图 2-9　新建元件

步骤 3：进入"正面走"元件编辑模式，使用绘图工具绘制"人物"身体的各个部分，如图 2-10 所示。

图 2-10 绘制身体各部分

步骤 4：分别选择身体各个部分图形，按 F8 键将它们分别转化为图形元件，依次命名为"头"、"身体"、"左脚"、"右脚"、"左手"、"右手"、"左耳"和"右耳"，并将各元件调整位置，如图 2-11 所示。

图 2-11 转换为图形

步骤 5：选中"人物"，执行"修改"菜单"时间轴"级联菜单中的"分散到图层"命令，将各个元件分层，并按元件名称命名图层。删除"图层 1"，如图 2-12 所示。

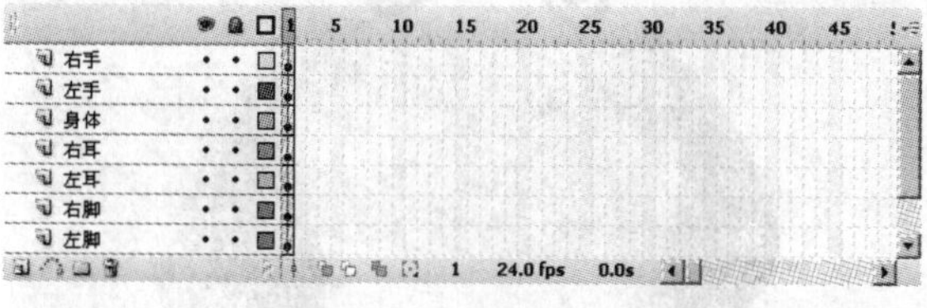

图 2-12 分散到图层

步骤 6：分别在第 5、9、13、16 帧处按 F6 键插入关键帧，如图 2-13 所示。

图 2-13 插入关键帧

步骤 7：在"人物"上、下和中间添加辅助线，单击"绘图纸外观"按钮，调整好第一帧的图像，如图 2-14 所示。

图 2-14　辅助线添加

 提示　头顶两条水平辅助线分别表示行走时最高点和最低点的位置；底部的水平辅助线，分别为腿部运动时的位置。垂直辅助线分别表示站立和迈步时身体中轴线的位置。

步骤 8：单击第 5 帧，调整第 5 帧的动作：右腿向前，左腿向后，右胳膊向后，左胳膊向前，身体右倾，耳朵向右。除双腿外，其他部分一起选定，向上移至最高点参考线，如图 2-15 所示。

图 2-15　第 5 帧调整

 提示　清晰效果的为第 5 帧图形，透明效果的为第 1 帧图形。

步骤9：单击第9帧，调整动作。第9帧与第1帧相似，胳膊、脚、身体与耳朵的动作与第1帧相反，如图2-16所示。

图2-16 第9帧调整

步骤10：单击第13帧，调整动作。第13帧与第5帧相似，胳膊、脚、身体与耳朵的动作与第5帧相反，如图2-17所示。

图2-17 第13帧调整

步骤11：选中第1帧的所有关键帧，按住Alt键的同时拖动鼠标至第16帧，松开鼠标，复制第1帧各层上的对象到第16帧。在各层关键帧之间创建补间动画，如图2-18所示。

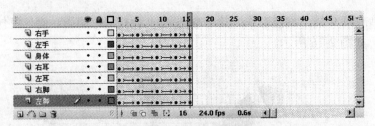

图 2-18　创建补间动画

 提示　　走路为循环运动，故在第16帧添加与第1帧同样的动作，使动画更为流畅。

Q版"人物"走路的一个完整步制作完成。下面来制作"人物"从远处走近的动画。

步骤12：单击"场景1"按钮，进入主场景编辑模式。在"动画"层的第1帧，将"正面走"图形元件拖放到舞台。单击工具箱中的"任意变形工具"将元件等比例缩小。在第60帧按F6键，插入关键帧，将元件放大并前移。创建补间动画，预览效果，如图2-19所示。

图 2-19　预览效果

2.2　人物跑

2.2.1　人物跑规律

人物在跑步时的基本规律：与人物走路运动规律类似，不同之处是跑步的幅度更大，身体各个部分，包括胳膊的摆动，头部的高低起伏，身体前倾的程度等。奔跑时身体重心向前，手臂弯曲，双手握拳，跨步幅度大，有腾空的动作，如图2-20所示。

图 2-20　人物侧面跑步规律图

　　动画中，我们除了要制作从侧面观察人物跑步外，还需制作正面观察和其他角度观察人物的跑步动画。在掌握跑步的基本规律基础上，从正面观察人的跑步，要注意透视关系。跑步时由于透视关系，脖子稍短；落地时头部稍大，腾空时头部稍小；肩膀和盆骨幅度大，腰部扭动明显，如图 2-21 所示。

　　人物在奔跑时，当腿向前迈步时，另外一条腿向后抬起，胳膊也是如此；身体前倾幅度较大，如图 2-22 所示。

图 2-21　人物正面面跑步规律图　　　　　图 2-22　人物奔跑动作

　　双腿有合并的情况，双腿从分开到合并再分开，循环连贯就形成了奔跑动画，如图 2-23 所示。

图 2-23　双脚合并动作

　　人物在跑步时，头部高低起伏与走路正好相反：双脚合并时，达到最低点，如图 2-24 所示。

图 2-24　头部位置分析

2.2.2　Q 版"人物"侧面跑实例

【实例 2.2】Q 版"人物"侧面跑

步骤 1：新建 Flash 文档，并设置文档尺寸为 550px×400px，帧频为 24fps，如图 2-25 所示。修改"图层1"名称为"动画"。

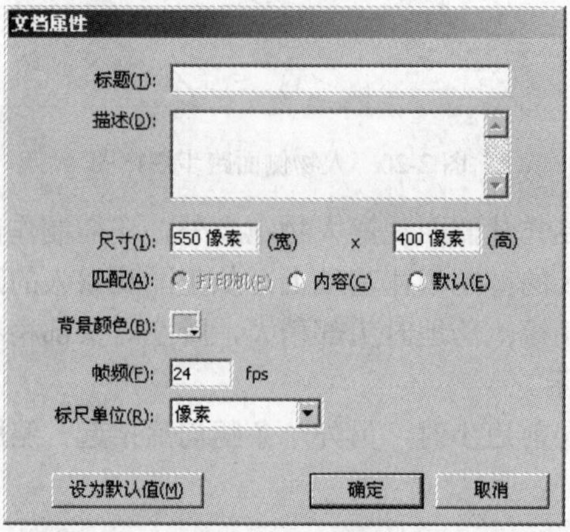

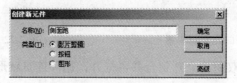

图 2-25 设置文档属性

步骤 2：选择"插入"菜单中的"创建新元件"命令，创建一个名为"侧面跑"的图形元件，如图 2-26 所示。

图 2-26 新建元件

步骤 3：进入"侧面跑"元件编辑模式，使用绘图工具绘制"人物"身体的各个部分，如图 2-27 所示。

图 2-27 绘制身体各部分

步骤 4：分别选择身体各个部分图形，按 F8 键将它们分别转化为图形元件，依次命名为"头"、"脚"、"手"、"衣服"、"衣袖"、"裤子 1"和"裤子 2"。将各元件调整位置如图 2-28 所示。

图 2-28　组合元件

 提示　两侧的手、衣袖和脚使用相同的元件，不必单独绘制。

步骤 5：选中"人物"，选择"修改"菜单"时间轴"级联菜单中的"分散到图层"命令，将各个元件分层，并分别给图层命名，删除"图层 1"，如图 2-29 所示。

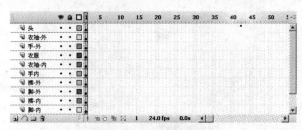

图 2-29　分散到图层

 提示　图层命名要清晰，调整好顺序。内、外侧的"脚"、"手"、"衣袖"、"裤"等要标示清楚。

步骤 6：分别在第 5、9、13、17 帧处按 F6 键插入关键帧，如图 2-30 所示。

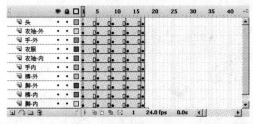

图 2-30　插入关键帧

步骤 7：在"人物"上、下和右侧添加辅助线，调整好第一帧的图像，如图 2-31 所示。

 提示　头顶两条辅助线分别表示跑步时最高点和最低点的位置。水平辅助线，分别为着地和腾空时脸部的位置。第 1 帧的脚和头顶分别靠近下方的水平辅助线，脸部靠近左侧的垂直辅助线。

图 2-31　设置辅助线

步骤 8：单击第 5 帧，调整第 5 帧的动作：左腿向前抬高，右腿往后抬起，右胳膊向前，左胳膊向后，身体右倾；头和身体向上平移到高点辅助线，双腿平移到跳起高处辅助线；头向前调整至右侧垂直辅助线，如图 2-32 所示。

图 2-32　调整第 5 帧动作

 提示　　在调整各部分位置时，特别注意元件的注册点位置的选取，如图 2-33 所示。

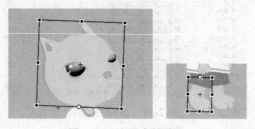

图 2-33　注册点的选取

步骤 9：单击第 9 帧，调整动作。第 9 帧与第 1 帧相似，胳膊、脚、身体的动作与第 1 帧相反，如图 2-34 所示。

步骤 10：单击第 13 帧，调整动作。第 13 帧与第 5 帧相似，胳膊、脚、身体的动作与第

5 帧相反, 如图 2-35 所示。

图 2-34　调整第 10 帧动作

图 2-35　调整第 15 帧动作

步骤 11: 选中第 1 帧中的所有关键帧, 按住 Alt 键的同时, 拖动鼠标至第 17 帧松开鼠标, 复制第 1 帧各层上的对象到第 17 帧。在各层关键帧之间创建补间动画, 如图 2-36 所示。

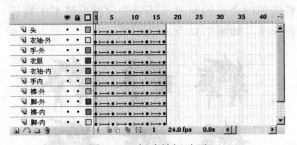

图 2-36　创建补间动画

提示　对每一帧的调整, 都有元件注册点位置的选取。

Q 版 "人物" 跑步的一个完整步制作完成。下面来制作 "人物" 从远处跑近的动画。

步骤 12: 单击 "场景 1" 按钮, 进入主场景编辑模式。修改图层名为 "动画" 并在该层的第 1 帧中将"侧面跑"图形元件拖放到舞台。单击工具箱中的"任意变形"工具，将元件等比例缩小。在第 80 帧处按 F6 键插入关键帧，将元件放大并前移。创建补间动画，预览效果，如图 2-37 所示。

图 2-37　预览效果

2.3　人物表情

在动画中，经常使用表情来表达情感和刻画人物性格及内心的感受。因此，我们看到的许多优秀的动画作品中，角色都有自己的个性和表情。面部表情的变化，是动画中不可缺少的部分。通过观察人物表情，模仿其他作品的同时，在绘画中倾注感情，才能更好地绘制出表情动画，表现人物角色性格。

在绘制人物角色表情时，通常是将面部和五官分开，各部分单独转换为元件，从而发挥 Flash 元件的优势。面部表情主要有：笑、愤怒、悲伤、哭、惊讶、害羞等，主要通过五官来表现。在 Flash 中，有时还用一些符号来代替五官，夸张地表现人物角色的表情。但是要注意的是，在抓住典型的表情加以夸张的同时，还要注意标准造型的特征，并根据具体人物和影片的风格来掌握夸张的程度，如图 2-38 所示。

图 2-38　人物表情

【实例 2.3】表情动画

步骤 1：新建 Flash 文档，并设置尺寸为 550px×400px，帧频为 24fps，如图 2-39 所示。

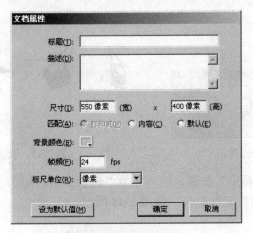

图 2-39　设置文档属性

步骤 2：绘制人物轮廓，如图 2-40 所示。

图 2-40　绘制人物轮廓

步骤 3：绘制亮面和暗面并填充颜色，如图 2-41 所示。

图 2-41　填充颜色

步骤 4：选中图形，按 F8 键将其转换为名为"脸"的影片剪辑元件，如图 2-42 所示。

步骤 5：将"图层 1"修改名称为"表情 1"。绘制五官，并将其转化为影片剪辑元件，再与"脸"元件组合，如图 2-43 所示。

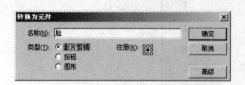

图 2-42　转换为元件　　　　　　　　　图 2-43　表情元件绘制

步骤 6：单击"插入图层"按钮，插入名为"表情 2"的图层。绘制五官，并将其转换为影片剪辑元件，再与"脸"元件组合，如图 2-44 所示。

图 2-44　表情元件绘制

步骤 7：双击五官影片剪辑元件，进入元件编辑模式。在"图层 1"的第 2 帧处按 F6 键插入关键帧。选中第 2 帧的所有图形，向上移动 2 个像素，形成动画，如图 2-45 所示。

图 2-45　元件实例位移

步骤 8：返回主场景，单击"插入图层"按钮，插入名为"表情 3"的图层。绘制五官，并将其转换为影片剪辑元件，再与"脸"元件组合，如图 2-46 所示。

图 2-46　表情元件绘制

步骤 9：双击五官影片剪辑元件，进入元件编辑模式。在"图层 1"的第 2 帧处按 F6 键插入关键帧。调整第 2 帧元件的位置，形成动画，如图 2-47 所示。

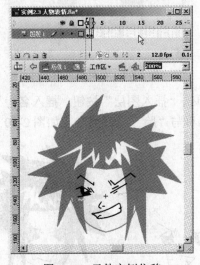

图 2-47　元件实例位移

步骤 10：返回主场景，单击"插入图层"按钮，插入名为"表情 4"的图层。绘制五官，并将其转换为影片剪辑元件，再与"脸"元件组合，如图 2-48 所示。

图 2-48　表情元件绘制

步骤 11：双击五官影片剪辑元件，进入元件编辑模式。选中眼睛，按 F8 键将其转换为名为"红心"的影片剪辑元件。双击元件，进入"红心"影片剪辑编辑模式，在"图层 1"第 2、3、4 帧按 F6 键，插入关键帧。分别调整第 2、3、4 帧中元件的倾斜角度，形成左右晃动的动画，如图 2-49 所示。

图 2-49　调整倾斜角度

步骤 12：返回主场景，单击"插入图层"按钮，插入名为"表情 5"的图层。绘制五官，并将其转换为影片剪辑元件，再与"脸"元件组合，如图 2-50 所示。

图 2-50　表情元件绘制

步骤 13：双击五官影片剪辑元件，进入元件编辑模式。单击"插入图层"按钮，插入新图层。绘制火苗，将其转换为名为"怒火"的影片剪辑元件，如图 2-51 所示。

图 2-51　表情元件绘制

步骤 14：双击元件，进入"怒火"影片剪辑编辑模式，在第 2 帧按 F6 键插入关键帧。

修改火的形状，形成火苗动画，如图 2-52 所示。

图 2-52　修改火形状

步骤 15：返回主场景，单击"插入图层"按钮，插入名为"表情 6"的图层。绘制五官，并将其转换为影片剪辑元件，再与"脸"元件组合，如图 2-53 所示。

图 2-53　表情元件绘制

步骤 16：单击"插入图层"按钮，插入名为"表情 7"的图层。绘制五官，与"脸"元件组合，如图 2-54 所示。

图 2-54　表情元件绘制

步骤 17：单击"插入图层"按钮，插入名为"表情 8"的图层。绘制五官，并将其转化为影片剪辑元件，与"脸"元件组合，如图 2-55 所示。

图 2-55　表情元件绘制

步骤 18：双击五官元件，进入影片剪辑编辑模式，在"图层 1"第 2、3、4 帧按 F6 键插入关键帧。依次将第 2、3、4 帧的汗向下移动，形成汗往下流的动画，如图 2-56 所示。

图 2-56　流汗动画

步骤 19：返回主场景，单击"插入图层"按钮，插入名为"表情 9"的图层。绘制五官，并将其转换为影片剪辑元件，与"脸"元件组合，如图 2-57 所示。

图 2-57　表情元件绘制

步骤 20：双击五官元件，进入影片剪辑编辑模式，绘制泪水的第 2 帧，延长帧，形成泪水循环动画，如图 2-58 所示。

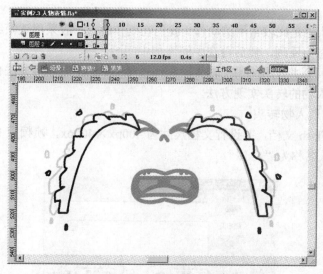

图 2-58　修改泪水形状

步骤 21：返回主场景，调整各层的位置，预览动画，如图 2-59 所示。

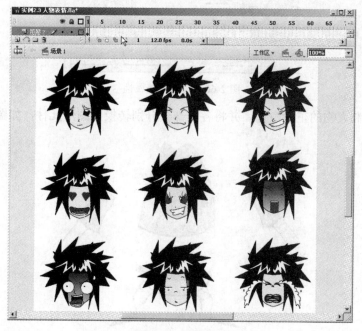

图 2-59　预览效果

2.4　其他动作

除了表情动作外，在动画中还经常出现比如转头、口型对白、眨眼等动作，这些也是表现人物角色动作和性格的重要动作。

2.4.1 转头

在动画中,转头也是比较常用的动作。我们在制作时,一般采用逐帧绘制的方法来表现。正面和侧面两个状态为原画,然后再在中间添加中间画。

Flash 动画中,可以将动作夸张,转头动画通过模糊、加辅助线等方法也可以简单的实现。下面的将介绍卡通人物的转头实现方法。

【实例 2.4】卡通人物转头

步骤 1:新建 Flash 文档,并设置文档尺寸为 400px×400px,帧频为 12fps,如图 2-60 所示。修改"图层 1"名称为"身体"。

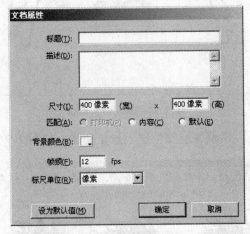

图 2-60 设置文档属性

步骤 2:绘制人物的正面身体,并将各个部分分别转换为图形元件,如图 2-61 所示。

图 2-61 绘制身体各部分元件

步骤 3:绘制人物正面头部,将其转换为图形元件,如图 2-62 所示。

步骤 4:绘制人物侧面头部,将其转换为图形元件,如图 2-63 所示。

步骤 5:单击"插入图层"按钮,插入名为"头部"的图层。将正面头部和身体分别拖放到两个图层,并调整好位置,如图 2-64 所示。

图 2-62 绘制头部正面

图 2-63 绘制侧面头部

图 2-64 分层组合人物

步骤 6：在"身体"图层的第 3 帧处按 F5 键插入帧；在"头部"图层的第 3 帧处插入空白关键帧，并绘制线条，如图 2-65 所示。

图 2-65 绘制线条

步骤 7：在"身体"图层的第 4 帧处按 F6 键插入关键帧，调整身体和手的位置。左手抬高，右手靠近身体，再延长帧到第 9 帧，如图 2-66 所示。

步骤 8：在"头部"图层的第 5 帧处按 F7 键插入空白关键帧，将侧面头部图形元件拖放到舞台，并调整好位置，延长帧到第 9 帧，如图 2-67 所示。

图 2-66　调整身体位置

图 2-67　调整头部侧面元件位置

步骤 9：按 Enter 键预览效果，如图 2-68 所示。

图 2-68　预览效果

我们也可以采用模糊的方法，来制作卡通人物的转头。

步骤 10：将"头部"图层的第 3 帧的线条删除，复制第 1 帧的正面头部元件到第 3 帧，如图 2-69 所示。

图 2-69　复制头部正面元件

步骤 11：右击第 3 帧中的正面头部，选择快捷菜单中的"转换为元件"命令将图形元件转换为"影片剪辑"元件，如图 2-70 所示。

步骤 12：选中影片剪辑元件，设置模糊滤镜为（X:18；Y:0），如图 2-71 所示。

图 2-70　转换为影片剪辑

图 2-71　设置影片剪辑滤镜

 提示

在正面和侧面中间插入模糊正面头部元件，也是卡通人物转头动画制作时常用的方法。

2.4.2　口型对白

对白在特写镜头中经常出现，主要通过口型的变化来表现。人物在说话时，我们通过嘴唇的张合来表现。口型的变化与发音有关，在 Flash 动画中，并非一个音一个口型，可以根据实际情况，抓住主要的音节，突出一句话中的重要口型动作。动画片中的口型动作基本上有 a、i、u、e、o、n 这 6 个动作，如图 2-72 所示。

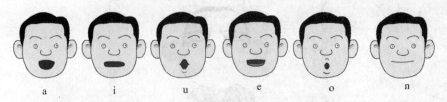

图 2-72　口型动作

【实例 2.5】嘴形动画

步骤 1：新建 Flash 文档，并设置文档尺寸为 400px×400px，帧频为 12fps，如图 2-73 所示。修改"图层 1"名称为"头部"。

图 2-73　设置文档属性

步骤 2：绘制人物的头部及除了嘴以外的其他五官，并将其转换为图形元件，如图 2-74 所示。

图 2-74　绘制头部

步骤 3：单击"插入图层"按钮，插入名为"嘴形"的图层。绘制第 1 个嘴形"a"图形，并将其转换为图形元件，如图 2-75 所示。

图 2-75　绘制口型

步骤 4：在"嘴形"图层的第 2 帧处按 F7 键插入一个空白关键帧，并绘制第 2 个"嘴形"图形，将其转换为图形元件，如图 2-76 所示。

图 2-76　绘制口型

步骤 5：在"嘴形"图层的第 3 帧处按 F7 键插入一个空白关键帧，并绘制第 3 个"嘴形"图形，将其转换为图形元件，如图 2-77 所示。

图 2-77　绘制口型

步骤 6：在"嘴形"图层的第 4 帧处按 F7 键插入一个空白关键帧，并绘制第 4 个"嘴形"图形，将其转换为图形元件，如图 2-78 所示。

图 2-78　绘制口型

步骤 7：在"嘴形"图层的第 5 帧处按 F7 键插入一个空白关键帧，并绘制第 5 个"嘴形"图形，将其转换为图形元件，如图 2-79 所示。

图 2-79　绘制口型

步骤 8：在"嘴形"图层的第 6 帧按 F7 键插入一个空白关键帧，并绘制第 6 个"嘴形"图形，将其转化为图形元件，如图 2-80 所示。

图 2-80　绘制口型

步骤 9：单击"插入图层"按钮，插入名为"字母"的图层，分别在第 1 至第 6 帧中输入字母 a、i、u、e、o、n，如图 2-81 所示。

图 2-81 输入字母

步骤 10：为避免动作交替过快，在每个关键帧后按 F5 键 3 次插入帧，形成"1 拍 4"动画，如图 2-82 所示。

图 2-82 1 拍 4

步骤 11：按 Enter 键预览效果，如图 2-83 所示。

图 2-83 预览效果

2.4.3 眨眼

在一些人物面部特写镜头中，常出现眨眼动作。该动作的制作主要是正常状态、半闭和全闭 3 种状态，如图 2-84 所示。

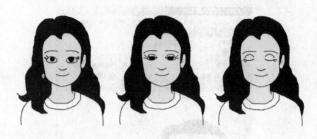

图 2-84　眨眼动作

本章小结

　　本章主要介绍了人物基本的运动规律，对人物走和跑、表情和转头等基本动作进行了分析和实例的讲解。本章主要要求读者掌握好人物的运动规律，再学习人物运动在 Flash 中的主要表现方法。通过本章的学习，可以更好地掌握人物的运动规律和动作的绘制，为制作高级动画打好基础。

习题二

单选题

1．人物行走过程中，脚的运动规律正确的是（　　）。
　　A．脚跟着地→踏平→脚跟抬起→脚尖离开地面悬空运动→脚跟着地
　　B．脚跟着地→脚跟抬起→踏平→脚尖离开地面悬空运动→脚跟着地
　　C．脚跟着地→踏平→脚尖离开地面悬空运动→脚跟抬起→脚跟着地
　　D．脚跟着地→脚尖离开地面悬空运动→踏平→脚跟抬起→脚跟着地

2．关于跑步运动规律，下列说法描述错误的是（　　）。
　　A．跑步过程中有双脚着地动作
　　B．双手自然握拳
　　C．跑步过程中有双脚腾空动作
　　D．身体前倾

3．从正面观察人物跑步动作时，下列说法正确的是（　　）。
　　A．身体左右倾斜不明显
　　B．手臂摆动幅度小
　　C．身体由于透视的原因看起来比走路时的身体长一些
　　D．跑的越激烈，透视幅度越大

4．下列动作中适合用弹性动画来绘制的是（　　）。
　　A．人物失落的行走在街上

B．奔驰在马路上的汽车

C．窗台上的花盆落到地上

D．飞奔的公牛撞在树上

5．下列选项中说法错误的是（　　）。

A．不能毫无根据地使用夸张变形

B．对物体进行变形时，不需要遵循运动规律

C．写实人物体形变化不显著，所以应用夸张较少

D．运用夸张的手法可以更好地表现人物性格

6．为方便调用，在角色动画制作时，绘制角色头部和身体时应该（　　）。

A．分镜头绘制 　　　　　　B．分场景绘制

C．分图层绘制 　　　　　　D．分脚本绘制

多选题

1．对人物动画进行夸张时，要注意哪几个方面？（　　）

A．是否具备被夸张的可能

B．是否能够减少绘制的动作

C．是否对其运动特征进行夸张

D．是否符合运动规律

2．下列人物行走过程中描述正确的是（　　）。

A．着地的一条腿垂直支撑身体前倾时，人物头部位置达到整个行走运动轨迹中的最高点

B．左手向前时右脚向后

C．手臂以肩胛骨为轴心做弧线摆动

D．行走过程中，整个人体位置没有高低起伏的变化

3．下列选项中能输出约为6秒动画的是（　　）。

A．帧频为"24帧/秒"，绘制了73个关键帧画面，以"1拍2"的方式来制作动画

B．帧频为"30帧/秒"，绘制了60个关键帧画面，以"1拍3"的方式来制作动画

C．帧频为"25帧/秒"，绘制了50个关键帧画面，以"1拍3"的方式来制作动画

D．帧频为"12帧/秒"，绘制了40个关键帧画面，以"1拍2"的方式来制作动画

判断题

1．一般情况下，人物表情不同，但是口型变化相同。（　　）

2．在动画中经常使用夸张手法来表现人物动作，使动画效果更生动有趣。（　　）

3．在制作动画过程中，添加画面和帧数越多，过渡越自然、缓慢，反之则更快。（　　）

第 3 章　动物运动规律

本章重点

✖ 马行走和奔跑的运动规律
✖ 鸟类飞行运动规律
✖ 鱼类游动运动规律

本章难点

✖ 马的行走和奔跑动画制作
✖ 鸟类飞行动画制作
✖ 鱼类游动动画制作

学习目标

✖ 掌握马、鱼和鸟类等动物的运动规律
✖ 掌握动物运动动画制作技巧

Flash 动画中经常要出现各种动物的动作，例如马的走动和奔跑、鸟儿的飞行、鱼儿的游动等动作。要完成动物常规动作的动画制作，首先要掌握各种动物运动的规律，使得动画生动自然。本章将通过多个实例，分析和讲解动物运动规律及在 Flash 动画中的制作方法和技巧。

3.1　马的走和跑

四肢动物走路和跑步动画在 Flash 中经常使用，我们通常把它们分为爪类和蹄类两种。尽管它们均属同一种基本运动规律范畴，但要准确表达它们不同的动作特点，无论在设计原画时，还是画动作中间过程时，都应注意体现出它们的差异。

爪类动物，一般属食肉类动物。脚上有尖利的爪子，脚底生有富有弹性的肌肉。性情比较暴烈，能跑善跳、动作灵活、姿态多变。例如：狮、虎、豹、狼、狐、熊、狗、猫等。

蹄类动物，一般属食草类动物。脚上长有坚硬的脚壳（蹄），有的头上还生有一对角。性情比较温和，动作刚健、竖直，形体变化较小，能奔善跑。例如：马、羊、牛、鹿、羚羊等。

四肢动物行走和奔跑的运动规律如下：

行走时：

四条腿两分、两合，左右交替成一个完步（俗称后脚踢前脚）。

前腿抬起时，腕关节向后弯曲；后腿抬起时，踝关节朝前弯曲。

行走时由于腿关节的屈伸运动，身体稍有高低起伏。

行走时，为了配合腿部的运动、保持身体重心的平衡，头部会上下略有点动，一般是在跨出的前脚即将落地时，头开始朝下点动。

爪类动物因皮毛松软柔和，关节运动的轮廓不十分明显。蹄类动物关节运动就比较明显，轮廓清晰，显得硬直。

兽类动物走路动作的运动过程中，应注意脚趾落地、离地时所产生的高低弧度。

奔跑时：

动物奔跑动作基本规律，与行走时四条腿的交替分合相似。但是，跑得越快，四条腿的交替分合就越不明显。有时会变成前后各两条腿同时屈伸，四脚离地时只差一到两格。

奔跑过程中，身体的伸展（拉长）和收缩（缩短）姿态变化明显（尤其是爪类动物）。

在快速奔跑过程中，四条腿有时呈腾空跳跃状态，身体上下起伏的弧度较大。但在极度快速奔跑的情况下，身体起伏的弧度又会减少。

在本节中，我们将以马为例，分析四肢动物的运动规律。马运动动画可以从不同方向观察，比如侧面、正面等。总的来说，它们的规律是一致的，通过仔细的观察和研究后，可以制作出不同角度观察的四肢动物动画。

3.1.1　马侧面走规律

马在走路时的基本规律：起步时如果是右前足先向前开步，对角线的左足就会跟着向前走，接着是左前足向前走，再就是右足跟着向前走，这样就完成一个循环。图 3-1 所示为马行走的原画。

马运动的方式是对角线换步法，即左前右后，右前左后的交替循环。前肢和后腿运动时的关节屈曲方向是相反的，前肢腕部向后弯，后肢跟部向前弯。走路时头部动作要配合，前足跨出时头点下，前足着地时头抬起。一般慢走每一个完步大约一秒半钟的时间，也可能慢些或快些，根据具体情景而定。慢走的动作，腿向前运动时不易抬得较高。如果走快步，可以提高些。

图 3-1　马侧面行走规律图

下面我们在实例中练习马行走时的动画。

【实例 3.1】马侧面走

步骤 1：新建 Flash 文档，并设置文档尺寸为 400px×400px，帧频为 24fps，如图 3-2所示。

图 3-2　设置文档属性

步骤 2：修改图层名称为"参考线"，并在该图层的第 1 帧中绘制如图 3-3 所示的参考线。

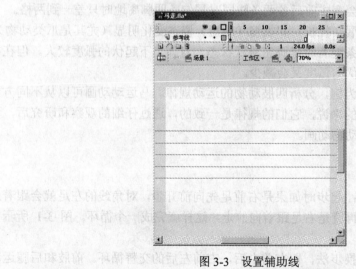

图 3-3　设置辅助线

步骤 3：单击"插入图层"按钮，新建一个名为"马走"的图层，在第 1 帧分别绘制出头部、身体、四肢和尾巴，并单独转换为元件。最后组合成马动作 1 的图形元件，如图 3-4 所示。

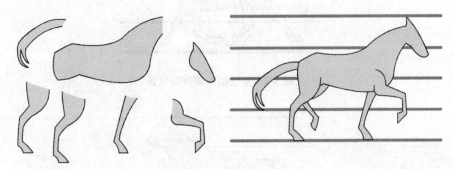

图 3-4　绘制马的身体各部分

步骤 4：在"马走"图层的第 2 帧处按 F6 键插入一个关键帧，并分别调整元件两条前腿和两条后腿的前后位置，完成第 2 帧原画动作，如图 3-5 所示。

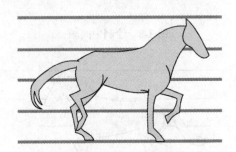

图 3-5　插入关键帧，调整第 3 帧动作

步骤 5：在"马走"图层的第 1、2 帧之间插入空白关键帧，在第 1 帧和第 3 帧的中间绘制出第 2 帧原画。注意身体各个部分单独转换为元件，如图 3-6 所示。

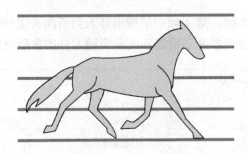

图 3-6　绘制第 2 帧原画

步骤 6：复制第 2 帧中的图形到第 4 帧，并按步骤 5 的方法调整腿的位置，如图 3-7 所示。
步骤 7：在第 1 帧和第 2 帧之间绘制中间画，如图 3-8 所示。
步骤 8：在第 3 帧和第 4 帧之间绘制中间画，如图 3-9 所示。

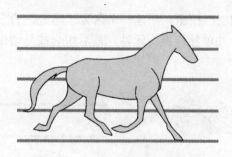

图 3-7　复制帧并调整腿位置

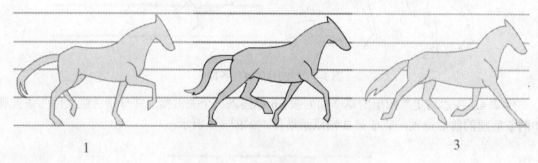

1　　　　　　　　　　　　　　　　　　　　　　　　　　3

图 3-8　绘制中间画

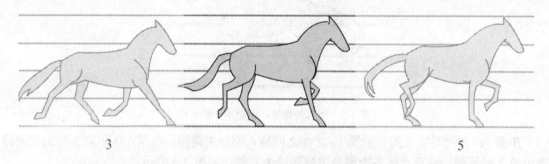

3　　　　　　　　　　　　　　　　　　　　　　　　　　5

图 3-9　绘制中间画

步骤 9：分别复制第 2 帧、第 4 帧中的图形插入到后面关键帧间构成第 6 帧和第 8 帧，再根据步骤 5 的方法，分别调整两条前腿和两条后腿元件的前后位置，如图 3-10 所示。

6　　　　　　　　　　　　　　　　　　　　　　　　　　8

图 3-10　绘制中间画

步骤 10：全部关键帧绘制完成如图 3-11 所示。

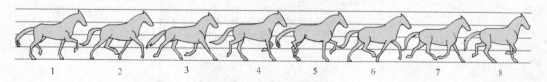

图 3-11　马走时的帧

步骤 11：制作完所有关键帧后，再调整每帧图形的位置，如图 3-12 所示分别为 1－2 帧、2－3 帧、3－4 帧的位置。

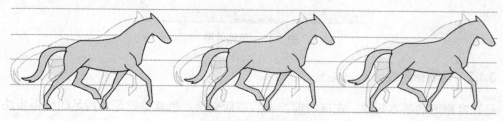

图 3-12　调整位置

步骤 12：继续调整位置，如图 3-13 所示所示分别为 4－5 帧、5－6 帧、6－7 帧的位置。

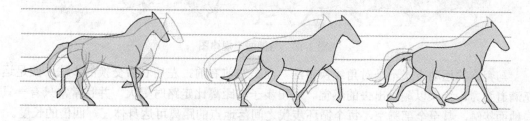

图 3-13　调整位置

步骤 13：最后调整第 8 帧的位置，如图 3-14 所示。

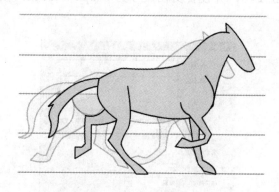

图 2-14　调整位置

步骤 14：在每个关键帧上按 F5 键形成"1 拍 2"的动画，并预览效果，如图 3-15 所示。

图 3-15　预览效果

3.1.2　马侧面跑规律

马在奔跑时的基本规律：左前右前，左后右后交换，也就是前足和后足的交换步法。图 3-16 所示为马奔跑时的运动分解图。

图 3-16　马侧面跑规律图

马奔跑的运动方式不是对角线换步法，而是左前右前，左后右后交换的步法。四足运动充满着弹力，给人以蹦跳出去的感觉。迈出步子的距离比走路时更大，并且常常只有一只脚与地面接触，甚至全部腾空，每个循环步伐之间落地点的距离可达身体三、四倍的长度。

下面我们在实例中练习马奔跑时的动画。

【实例 3.2】马侧面跑

步骤 1：新建 Flash 文档，并设置文档尺寸为 800px×400px，帧频为 24fps，如图 3-17 所示。

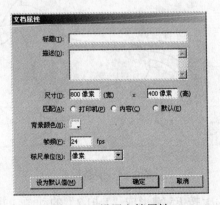

图 3-17　设置文档属性

步骤2：修改图层名称为"参考线"，并在该图层的第1帧中绘制如图3-18所示的参考线。

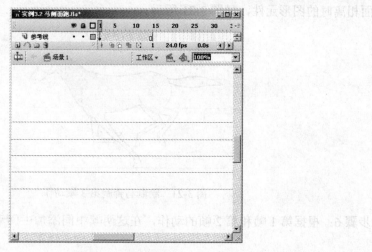

图 3-18　设置辅助线

步骤3：单击"插入图层"按钮，新建一个名为"马跑"的图层，在第1帧分别绘制出头部、身体、四肢和尾巴，并单独转换为元件。最后组合成马准备奔跑时的图形元件，如图3-19所示。

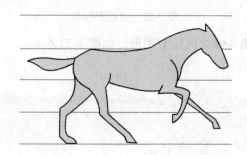

图 3-19　绘制马奔跑第1帧动作

步骤4：在"马跑"图层的第2帧处按F7键插入一个空白关键帧。绘制出马奔跑时四肢相交时的图形元件，如图3-20所示。

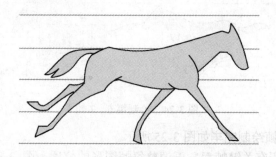

图 3-20　绘制马奔跑第2帧动作

步骤 5：在"马跑"图层的第 3 帧处按 F7 键插入一个空白关键帧。绘制出马奔跑时四肢与地面相离时的图形元件，如图 3-21 所示。

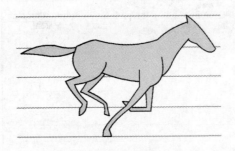

图 3-21　绘制马奔跑第 3 帧动作

步骤 6：根据第 1 帧和第 2 帧的动作，在这两帧中间添加中间动作，如图 3-22 所示。

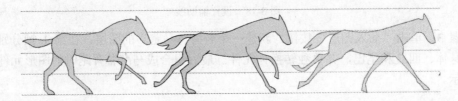

图 3-22　绘制中间画

步骤 7：在第 3 帧和第 4 帧之间绘制图形，如图 3-23 所示。

图 3-23　绘制中间画

步骤 8：分别绘制第 6 帧和第 7 帧图形，如图 3-24 所示。

图 3-24　绘制第 6、7 帧

步骤 9：全部关键帧绘制完毕如图 3-25 所示。

步骤 10：制作完所有关键帧后，再调整每帧图形的位置。图 3-36 所示分别为 1、2、3 帧的位置。

图 3-25　全部帧

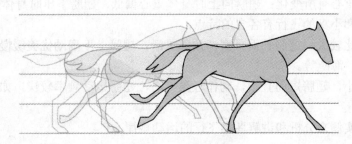

图 3-26　调整位置

步骤 11：继续调整位置。图 3-27 所示所示分别为 4、5、6、7 帧的位置。

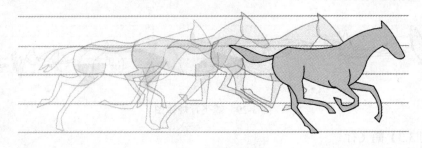

图 3-27　调整位置

步骤 12：在每个关键帧上按 F5 键形成"1 拍 2"的动画，并预览效果，如图 3-28 所示。

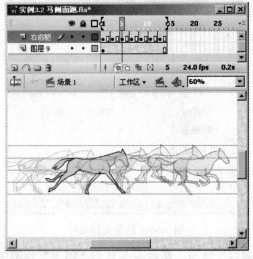

图 3-28　预览效果

3.2 鸟类运动

鸟类最主要的动作是飞行，比如鹰、大雁、麻雀、鸽子等。鸟类种类繁多，并且飞行时各有特点。尽管如此，它们的飞行都是通过上下扇动翅膀来实现的。飞行时身体相对保持静止，只是身体的重心有所变化：翅膀向上时身体重心偏低，翅膀下压时身体重心偏高。

鸟类中大鸟和小鸟的飞行有各自的特点：

大鸟的体型比较大，翅膀长而且宽，颈部灵活，翅膀上下扇动优美缓慢，滑翔时间长，如鹰、鹤、大雁、海鸥等。

小鸟的体型小，翅膀短而且小，动作轻盈灵活，翅膀扇动频率较快，如麻雀、黄莺、燕子等。

下面用两个实例来分析和讲解鸟类飞行的运动规律。

3.2.1 鹤的飞行

鹤飞行时的运动分解图如图 3-29 所示。

图 3-29 鹤飞行规律图

【实例 3.3】鹤飞行

步骤 1：新建 Flash 文档，并设置文档尺寸为 300px×300px，帧频为 12fps，如图 3-30 所示。

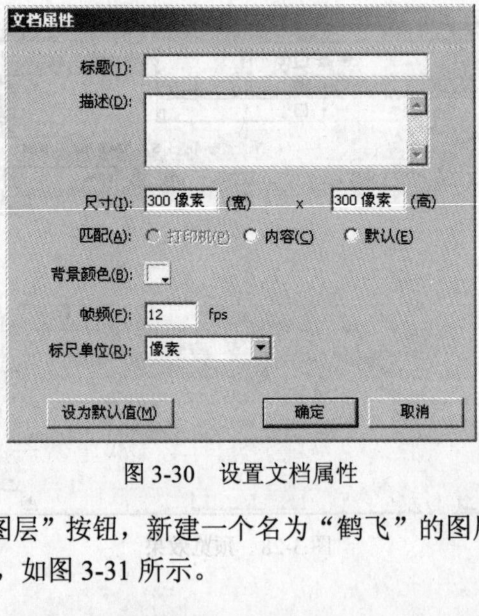

图 3-30 设置文档属性

步骤 2：单击"插入图层"按钮，新建一个名为"鹤飞"的图层。设置辅助线，并在第 1 帧中绘制鹤飞行的第 1 帧，如图 3-31 所示。

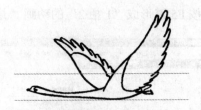

图 3-31　绘制第 1 帧

 提示　绿色线条为参考线，分别为鹤身体的最高点和最低点位置。

步骤 3：在"鹤飞"图层的第 2 帧处按 F7 键插入一个空白关键帧，绘制鹤飞时翅膀向下的动作，如图 3-32 所示。

图 3-32　绘制第 2 帧

 提示　前面绘制的两帧为关键动作的帧。

步骤 4：在第 1 帧和第 2 帧中间绘制中间画，补充第 2、3、4 帧动作，如图 3-33 所示。

图 3-33　绘制第 1、2 帧之间的中间画

步骤 5：在第 5 帧之后补充中间画，完成第 6、7、8 帧动作，如图 3-34 所示。

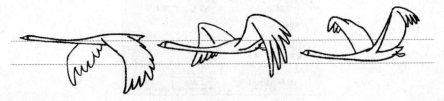

图 3-34　绘制 6、7、8 帧

步骤 6：在每个关键帧上按 F5 键形成 "1 拍 2" 的动画，并预览效果，如图 3-35 所示。

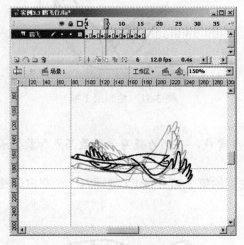

图 3-35　预览效果

3.2.2　小鸟的飞行

小鸟飞行时的运动分解图如图 3-36 所示。

图 3-36　小鸟飞行规律图

【实例 3.4】小鸟飞行

步骤 1：新建 Flash 文档，并设置文档尺寸为 500px×400px，帧频为 12fps，如图 3-37 所示。

图 3-37　设置文档属性

步骤2：单击"插入图层"按钮，分别新建四个图层，按"速度线"、"翅膀"、"身体"、"头"命名各图层，并在各层的第1帧中绘制小鸟飞行的第1帧，如图3-38所示。

图3-38 绘制第1帧

 提示 绿色线条为参考线，注意小鸟飞行的最高点和最低点位置。

步骤3：在各个图层的第2帧处按F7键插入空白关键帧，绘制小鸟飞行时翅膀向下的动作，如图3-39所示。

图3-39 绘制第2帧

 提示 前面绘制的两帧为关键动作的帧。

步骤4：在第1帧和第2帧中间绘制中间画，补充第2帧动作，如图3-40所示。

图3-40 绘制中间画

步骤5：在第3帧之后补充中间画，完成第4帧动作，如图3-41所示。

图 3-41 绘制中间画

步骤 6：在每个关键帧上按 F5 键形成"1 拍 2"的动画，并预览效果，如图 3-42 所示。

图 3-42 1 拍 2

 提示 该实例采用分层绘制小鸟各个部分的方法，在 Flash 中常常使用。

3.3 鱼类运动

鱼类最主要的动作是游动。鱼类种类繁多，形状各异，在游动时也各有特点。尽管如此，它们由于大多身体比较柔软，游动时鱼身和鱼尾一般都是呈曲线形。鱼的游动，主要依靠摆动身体，尾巴和鳍起平衡和调节方向的作用，如图 3-43 所示。

图 3-43 鱼游动

下面用实例来分析和讲解鱼游动的运动规律。

鱼游动时原画如图3-44所示。

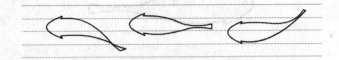

图3-44 运动规律

【实例3.5】鱼游动

步骤1：新建Flash文档，并设置文档尺寸为300px×300px，帧频为24fps，如图3-45所示。

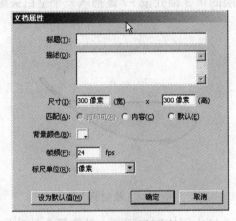

图3-45 设置文档属性

步骤2：设置辅助线。单击"插入图层"按钮，新建一个名为"鱼游"的图层，并在第1帧中绘制鱼游动的第1帧，如图3-46所示。

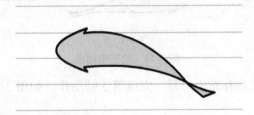

图3-46 绘制第1帧

 提示 绿色线条为参考线，分别为鱼身体摆动的位置。

步骤3：在"鱼游"图层的第2帧按F7键插入一个空白关键帧，绘制鱼游时尾巴在中间的动作，如图3-47所示。

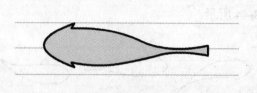

图 3-47　绘制第 2 帧

 提示　前面绘制的两帧为关键动作的帧。

步骤 4：在"鱼游"图层的第 3 帧处按 F7 键插入一个空白关键帧，绘制鱼游时尾巴向上的动作，如图 3-48 所示。

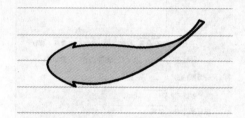

图 3-48　绘制第 3 帧

步骤 5：在第 1 帧和第 2 帧中间绘制中间画，补充第 2 帧动作，如图 3-49 所示。

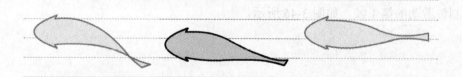

图 3-49　绘制中间画

步骤 6：　在第 4 帧之后补充中间画，完成第 5 帧动作，如图 3-50 所示。

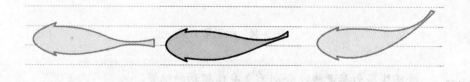

图 3-50　绘制中间画

步骤 7：在"鱼游"图层的第 6 帧按 F7 键插入一个空白关键帧。选中第 4 帧中的图形，按组合键 Ctrl+C 复制，然后选中第 6 帧，按组合键 Ctrl+Shift+V 原位粘贴，如图 3-51 所示。

　　步骤 8：在"鱼游"图层的第 7 帧处按 F7 键插入一个空白关键帧。选中第 3 帧中的图形，按组合键 Ctrl+C 复制，然后选中第 7 帧，按组合键 Ctrl+Shift+V 原位粘贴，如图 3-52 所示。

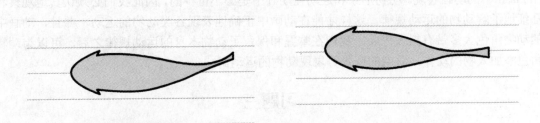

图 3-51　原位粘贴　　　　　　　　　　　　　图 3-52　原位粘贴

　　步骤 9：在"鱼游"图层的第 8 帧按 F7 键插入一个空白关键帧。选中第 2 帧中的图形，按组合键 Ctrl+C 复制，然后选中第 8 帧，按组合键 Ctrl+Shift+V 原位粘贴，如图 3-53 所示。

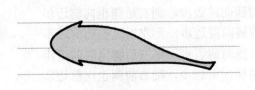

图 3-53　原位粘贴

　　步骤 10：在每个关键帧上按 F5 键形成"1 拍 2"的动画，并预览效果，如图 3-54 所示。

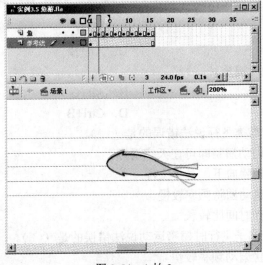

图 3-54　1 拍 2

本章小结

本章主要介绍了动物的运动规律。主要分析了马等四肢动物、鸟类和鱼类的运动规律及在 Flash 中的动画实现。动物形象和运动在动画中是必不可少的，因此我们必须认真地观察和仔细地了解动物的运动规律，这样才能在动画中正确地表现各类动物的运动。并且，动画中的动物角色大多带有拟人色彩，我们在掌握和保留了动物本身的运动规律之后，可以为动物角色添加人物的动作，适当的夸张等表现动物的运动。

习题三

单选题

1. 下列不符合四肢动物运动规律的是（　　）。

　　A．猪　　　　　　　　B．狮子　　　　　　　C．袋鼠　　　　　　　D．猫

2. 对马走路步伐描述正确的是（　　）。

　　A．马起步时右前腿向前迈步，则右后腿也向前迈步

　　B．马起步时右前腿向前迈步，则左后腿也向前迈步

　　C．马起步时左前腿向前迈步，则左后腿也向前迈步

　　D．马起步时左前腿向前迈步，则右前腿也向前迈步

3. 设定 Flash 帧频为"16帧/秒"，绘制了大约 40 个关键帧画面，5 秒的动画应该选择以下哪种制作方式？（　　）

　　A．1 拍 1　　　　　　　　　　　　　B．1 拍 2

　　C．1 拍 3　　　　　　　　　　　　　D．1 拍 4

4. 将图像组合到一起的快捷键是（　　）。

　　A．Ctrl+B　　　　　　　　　　　　B．Alt+G

　　C．Ctrl+G　　　　　　　　　　　　D．Alt+B

5. 将图像打散的快捷键是（　　）。

　　A．Alt+B　　　　　　　　　　　　B．Alt+G

　　C．Ctrl+G　　　　　　　　　　　　D．Ctrl+B

6. 下列选项中关于鸟类飞行说法错误的是（　　）。

　　A．海鸟几乎不扇动翅膀即可在天空滑翔

　　B．鸽子飞行时翅膀向下，身体上浮

　　C．小型飞禽类扇动翅膀频率较慢

　　D．大型飞禽滑行时间比较长

7. 下列选项中关于鸽子飞行时翅膀运动说法错误的是（　　）。

　　A．起飞时，翅膀扇动频率较快

　　B．飞行时，翅膀上下扇动没有弯曲

　　C．滑行时，翅膀舒展

D．鸽子滑行时很少扇动翅膀

8．下列选项中正确绘制小鱼的方法是（ ）。

    A．绘制小鱼时所用画面较少，帧数较少

    B．绘制小鱼时所用画面较多，帧数较多

    C．绘制时注意小鱼动作幅度较大

    D．绘制时注意小鱼身体的波浪式运动比较明显

多选题

1．下列选项中关于四肢动物的动作特征叙述正确的是（ ）。

    A．犬科动物跑得越快身体伸展和收缩越明显

    B．四肢动物跑得越快四肢两分两合，左右交替越明显

    C．蹄类动物大都天生有一条比较柔软的脊椎骨

    D．四肢动物在奔跑过程中，身体有时呈腾空状态

2．关于鸟类飞行，下列选项中说法正确的是（ ）。

    A．大雁翅膀上下扇动优美，频率较快，滑行时间长

    B．麻雀身体小翅膀也小，扇动频率较快

    C．鹰展开翅膀由上向下冲刺捕捉猎物

    D．信天翁滑行时间很长，很少扇动翅膀

第 4 章　Flash 游戏基础

本章重点

- ✖ 动作、事件、对象、属性概念
- ✖ 变量、数据类型、运算符概念
- ✖ 程序控制语句的使用

本章难点

- ✖ 程序控制语句的使用
- ✖ 常用动作的使用和制作

学习目标

- ✖ 掌握 ActionScript 基本知识和概念
- ✖ 理解程序控制语句
- ✖ 掌握常用动作的使用

ActionScript（动作脚本）是 Flash 的脚本撰写语言，将其添加在 Flash 中，可以增加 Flash 文档的交互性，更好地控制 Flash 文档。使用 Flash 编程可以实现很多功能，比如按钮的响应、场景的跳转、网页的链接、动态装载 SWF 文件、交互游戏等。本章将介绍 ActionScript 语言基础知识和基本操作，讲解如何在 Flash 中添加简单的脚本。

4.1 ActionScript 基础

ActionScript 拥有语法、变量、函数等，与 JavaScript 类似，它也由许多行语句组成，每行语句又是由一些命令、运算符、分号等组成。通过应用 ActionScript，能够突破时间轴的应用而表现高级动画。ActionScript 最大的特点是实现 Flash 动画和用户之间的交互。简而言之，就是用户能够控制时间轴，跳转到指定的场景，播放特定的动画。用鼠标、键盘等，可以链接到特定的主页、发送邮件、加入多种效果。

4.1.1 ActionScript 制作效果

- 控制时间轴

应用按钮的 ActionScript 代码，可以播放或停止影片的播放。

- 跳转页面

菜单按钮，可以跳转到与菜单相关的影片。

- 键盘控制

设置特定的键盘按键，跳转到相关影片或页面。

- 更改对象属性

可以通过触发按钮等方法来控制对象的颜色、大小、位置和透明度等属性。

- 设置超链接

通过设置，链接到相关的站点。

- 拖动影片剪辑

拖动影片剪辑到指定位置。

- 制作进度条

显示影片的下载速度和进度，制作进度条动画。

- 制作游戏

制作出多样的游戏动画。

4.1.2 ActionScript 编辑窗口

ActionScript 实际是一种脚本语言，主要用来对动画进行编程，使用它可以使动画具有交互性，在一些动画中起到画龙点睛的效果。我们在 Flash 的"动作"面板中编辑代码，Flash 中的所有脚本语言都可以在这里找到。

可以选择"窗口"菜单中的"动作"命令打开"动作"面板，也可以按 F9 键打开"动作"面板，如图 4-1 所示。

"动作"面板工作界面如下：

1. 动作工具箱

动作工具箱可以选择不同动作脚本的语言类型。Flash CS3 动作面板的动作工具箱中有"ActionScript 1.0 & 2.0"和"ActionScript 3.0"等语言供用户选择。选择了语言后，在列表框中会显示出该种语言类型中的动作列表，如图 4-2 所示。

图 4-1 "动作"面板 　　　　　　　　　　　　图 4-2 动作工具箱

2. 脚本窗口

用于显示脚本和进行动作添加、语法检查、语法着色、自套用格式、代码提示、代码注释、代码折叠、自动换行等代码操作的窗口。

脚本窗口分为"手写"模式和"脚本助手"模式两种，如图 4-3 所示。

图 4-3 脚本助手

提示　　脚本助手模式可以规范脚本，避免初学者编写代码时可能出现的语法和逻辑错误。

"手写"模式窗口一般是熟悉 ActionScript 用户所使用的模式，可直接输入脚本代码，如果在"首选参数"面板中设置了代码提示功能，在输入代码时会出现提示内容，如图 4-4 所示。

"脚本助手"模式窗口一般是 ActionScript 初学用户使用的模式，用户可通过选择动作工具箱中的项目来构建脚本。单击某个脚本项目，面板右上方会显示该项目的描述；双击某个项目，该项目就被添加到动作面板的"脚本"窗格中，如图 4-5 所示。

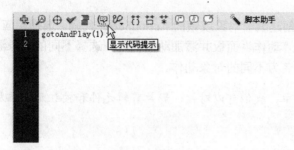

图 4-4　代码提示

3. 脚本导航器

显示当前文档中添加脚本的对象。单击脚本导航器的某一项目，与该项目相关的脚本将显示在"脚本"窗格中，并且播放头将移动到时间轴上相应位置，如图 4-6 所示。

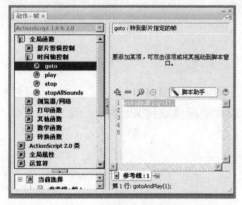

图 4-5　脚本助手

图 4-6　脚本导航器

 提示　双击脚本导航器中的某一项目可固定脚本，将其锁定在当前位置，如图 4-7 所示。

图 4-7　锁定

"动作"面板可以创建编辑对象或帧的 ActionScript 代码。选择相应的帧、影片剪辑元件或按钮元件后，再打开"动作"面板并添加动作代码。选择不同的对象添加脚本时，"动作"面板标题也会相应的命名为不同的对象动作。

 提示 在 Flash 中，我们可以对帧、影片剪辑元件和按钮元件添加动作（ActionScript 语句）。

4.2 ActionScript 编程基础

ActionScript 的语法是学习 ActionScript 编程的重点。只有对语法有了充分的了解，才能在编程过程中避免出现一些不必要的错误。下面以 ActionScript 2.0 为基础，讲解 ActionScript 编程的一些基础知识。

4.2.1 动作、事件和事件句柄

● 动作

在播放影片时指示影片执行某些任务的句子。例如：stop()。

发生某种情况：比如鼠标的单击、键盘按键或者动画播放到某一帧。

事件：在影片播放时发生的动作。

事件句柄：控制事件，应用于动作。

动作：发送命令，执行指定行为。

● 事件

播放到某帧、按鼠标或键盘中特定的键时，会触发并执行动作，将播放到某帧、按鼠标或键盘中特定的键这些事情称为事件。

帧事件：播放到某帧。

按钮事件：鼠标对按钮执行的单击或拖动等行为。

影片剪辑事件：鼠标、键盘对影片剪辑执行的各种行为以及影片剪辑的加载和卸载等。

● 事件句柄

加入了某个动作的帧、按钮和影片剪辑等发生事件时，控制和触发该动作的就是事件句柄。

帧事件句柄：

播放头进入该帧。

按钮事件句柄如图 4-8 所示。

on(press)：鼠标单击按钮时，要执行的代码或发生的事件。

on(release)：鼠标单击按钮后释放时，要执行的代码或发生的事件。

on (releaseOutside)：鼠标单击按钮，然后在外面释放时，要执行的代码或发生的事件。

on (rollOver)：将鼠标光标移动到按钮上时，要执行的代码或发生的事件。

on (rollOut)：将鼠标光标从按钮上移出时，要执行的代码或发生的事件。

on (dragOver)：鼠标单击按钮并拖动到外侧，然后重新移动到按钮上时，要执行的代码或发生的事件。

图 4-8　按钮事件句柄

on (dragOut)：单击按钮并拖动到按钮外侧时，要执行的代码或发生的事件。

on (keyPress "<Left>")：按下键盘指定键（向左方向键）时，要执行的代码或发生的事件。

影片剪辑句柄如图 4-9 所示。

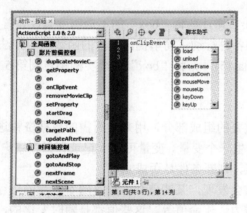

图 4-9　影片剪辑句柄

onClipEvent (load)：加载影片剪辑，执行该命令。

onClipEvent (unload)：卸载影片剪辑，执行该命令。

onClipEvent (enterFrame)：反复播放影片剪辑，执行该命令。

onClipEvent (mouseDown)：按下鼠标时，执行该命令。

onClipEvent (mouseMove)：移动鼠标时，执行该命令。

onClipEvent (mouseUp)：释放鼠标时，执行该命令。

onClipEvent (keyDown)：按下键盘时，执行该命令。

onClipEvent (keyUp)：释放键盘时，执行该命令。

onClipEvent (data)：CGI、ASP、XML 等数据传递结束时，执行该命令。

4.2.2　对象、属性和方法

对象在现实生活中很常见。比如，人、计算机、汽车都是对象，对象是有某些特性的事物的抽象。每个对象有自己的属性和行为，比如人有头、躯干、四肢，这是属性；人有行走、思考等行为，这就是方法。

Flash 实例拥有原对象的所有属性和方法。

影片剪辑实例若要在程序中被引用，先要设定影片剪辑实例的"实例名称"，然后通过实例名来应用动作。影片剪辑实例名一般使用便于记忆的英文表示，如图 4-10 所示。

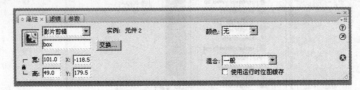

图 4-10　影片剪辑实例名称

 提示　用英文、数字及空格来表示，不使用中文；不能用数字开头；不能用"+"、"-"等运算符；不能用动作语句来命名。

属性是指对象拥有的各种特性。例如影片剪辑的不透明度、颜色、大小等。属性大部分都可以在程序中进行设定。

例如：box._alpha=30; //影片剪辑"box"的不透明度属性设置为"30%"。

方法是指赋予对象的各种行动。简单说，对象的函数就叫方法。

例如：box.gotoAndPlay(5);　//将"box"这个实例跳转到第 5 帧并播放。

4.2.3　变量

变量是程序设计中重要的组成部分，用来对所需的数据资料进行暂时存储。只有设置变量名称与内容，就可以产生一个变量。变量可用于记录和保存用户的操作信息、输入的资料、记录动画播放的剩余时间、判断条件是否成立等。

在游戏中，我们常常会发现，某些值和参数是随着游戏的进行不断变化的。比如人物的进攻力、防御力、武器威力、生命值等。这些值都是随时变化的，因此存储这些可变数值的量就是变量。

变量在使用之前，我们先要定义它。例如：

Power=50;

这里定义了一个名字叫"Power"的变量，意图是用来存储人物的"进攻力"的量，并且赋予这个"进攻力"的值为 50。随着程序的进行，这个值可以被重新赋予新的值。

在表达式中，"="是赋值符号，随着"="右边的值的变化，左边变量的值也变化。

变量的命名规则

ActionScript 中变量名必须是标识符，那么就要遵循标识符的格式和规则：

● 变量名第一个字符必须为字母、下划线、美元符号，其后的字符可以是数字、字母、下划线或美元符号。

● 变量名不能是保留关键字。例如：不能是 if、else、and 等。

● 变量名没有大小写之分。例如：BOX 和 box 被解释为同一个变量。

● 变量名不能是 ActionScript 语言中的命令名称。

● 在它的作业范围内必须是唯一的。

提示　变量的作用范围是指脚本中能够识别和引用指定变量的区域。

变量名的错误定义：

　　? Power=50;

　　55="good";

变量在使用前，一般先定义：

　　var Speed; //汽车行驶速度

　　var score; //玩家得分

　　var hiScore; //最高分

　　var time; //玩家所用时间

 提示　"//"为注释分隔符号，用于在脚本中为命令语句添加注释说明。出现在注释分隔符 "//" 和行结束符之间的字符，都被程序解释为注释，不会被作为脚本语句来分析执行。注释在程序设计中经常使用，方便快速理解脚本的意图。

4.2.4　数据类型

数据的种类称为数据类型。ActionScript 主要数据类型如下：

数据类型	说明
字符串（String）	字符串数据，包括字母、数字和标点符号。需要用""包围的数据。
数字（Number）	数字数据，可以表示整数、无符号整数和浮点数。可以进行算术运算（+、－、×、÷）以及比较运算（<、>、＝）的数据
布尔（Boolean）	布尔数据，包括 true 和 false 两个值。其他任何值都是无效的
对象（Object）	对象数据，用作所有类定义的基类。定义了属性（Property）和方法（Method）的数据
影片剪辑（MovieClip）	影片剪辑数据，允许使用 MovieClip 类的方法控制影片剪辑元件。拥有实例名的数据
未指定（null）	无值的数据

4.2.5　运算符

运算符是指定如何组合、比较或修改表达式值的字符。包括按位运算符、比较运算符、赋值、逻辑运算符、其他运算符和算术运算符。

1. 比较运算符

比较运算符用于进行变量与数值间、变量与变量间大小比较，如图 4-11 所示。

! = ：不等于运算符；

! ==：不全等于运算符；

<：小于运算符；

<=：小于或等于运算符；

==：等于运算符；

===：全等于运算符；

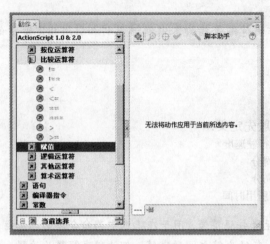

图 4-11　比较运算符

>：大于运算符；

>=：大于或等于运算符。

例如：>=（大于等于）的使用。

用于测试符号左边的表达式是否大于或等于符号右边的表达式。如果是，则结果为 true。

格式：Expr1>=Expr2

Expr1、Expr2 可以表示为数字、字符串、布尔值、变量、对象、数组或函数。

【实例 4.1】大于等于的使用

新建一个 Flash 文档，选中"图层 1"的第 1 帧，按 F9 键打开"动作"面板并输入如下代码，按组合键 Ctrl+Enter 预览效果，如图 4-12 所示。

```
var Power=500; //定义变量，升级需要的最小进攻力
var Play_power=490; //定义变量，玩家现有的进攻力
if(Play_power >= Power) {          //比较 Power 与 Play_power 的值
    trace("升级") ;               //输出窗口中显示"升级"
} else {
    trace("不升级");             //输出窗口中显示"不升级"
}
```

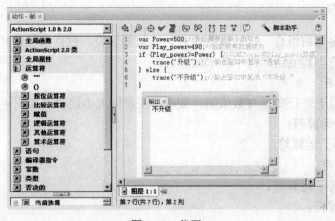

图 4-12　代码

trace（表达式）的功能：将表达式的结果从"输出"面板中显示出来，但只能在 Flash 的开发环境中使用，不能在 SWF 播放器中显示结果。

本例中使用了 if 语句，将在后面章节中进行分析和讲解。

程序中使用的标点符号都必须是英文格式的。

2. 赋值运算符

赋值运算符是指执行变量赋值的运算符，如图 4-13 所示。

图 4-13　赋值运算符

赋值运算符包括 "-="、"%="、"&="、"*="、"|="、"/="、"^="、"+="、"<<="、"="、">>="、">>>=" 等。最常用的是以下几种：

"="：赋值运算

"-="：减法赋值运算

"+="：加法赋值运算

【实例 4.2】赋值运算

新建一个 Flash 文档，选中"图层 1"的第 1 帧，按 F9 键打开"动作"面板并输入如下代码，按组合键 Ctrl+Enter 预览效果，如图 4-14 所示。

```
var Power=500; //将 500 赋值给变量 Power。
Power+=5; //一回合胜利，Power 值递加 5。
trace(Power); //输出窗口中显示 Power 的值。
```

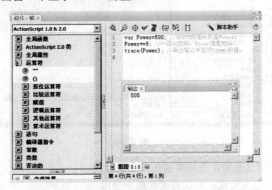

图 4-14　代码

3. 逻辑运算符

逻辑运算符可以对数字、变量等进行比较，然后得出他们的交集或并集作为输出结果，如图 4-15 所示。

逻辑运算符包括 "&&"、"||"、"!" 等。

"&&"：它是逻辑与运算符，对一个或两个表达式的值执行布尔运算。计算运算符左右两边的表达式，如果两边的结果都为 true，则最终结果为 true，否则最终结果为 false。即交集，如图 4-16 所示。

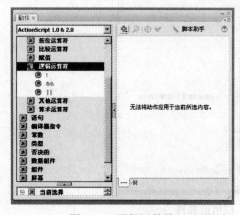
图 4-15　逻辑运算符

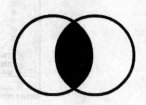
图 4-16　逻辑与

格式：Expr1 && Expr2

假设在游戏中要升级的条件有两个：一是角色的进攻力达到 500 或以上，二是拥有的钱币达到 1000 或以上。那么我们可以应用逻辑与运算控制是否升级。

【实例 4.3】逻辑运算

新建一个 Flash 文档，选中 "图层 1" 的第 1 帧，按 F9 键打开 "动作" 面板并输入如下代码，按组合键 Ctrl+Enter 预览效果，如图 4-17 所示。

图 4-17

```
var Power=500; //定义变量，升级需要的最小进攻力
var Money=900; //定义变量，升级需要的最少金币
if(Play_power >= 500 && Money>=1000) {　　 //判断是否满足升级的两个条件
```

```
        trace("升级");        //输出窗口中显示"升级"
    } else {
        trace("不升级");      //输出窗口中显示"不升级"
    }
```

"‖"：它是逻辑或运算符，计算符号左右两边的表达式，如果有其中一边的结果为 true，则最终结果为 ture，除非两者都为 false，最终结果才是 false，即并集，如图 4-18 所示。

格式：Expr1 ‖ Expr2

假设在游戏中要升级的条件是满足以下条件之一：不管是角色的进攻力达到 500，还是拥有的钱币达到 1000。这种情况就可以应用逻辑或进行判断。

"!"：它是逻辑非运算符，表示取变量或表达式的布尔值的相反值，即补集，如图 4-19 所示。

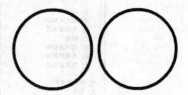

图 4-18　逻辑或　　　　　　　　　　　图 4-19　逻辑非

格式：! Expr1

Expr1 的值如果是 true，那么 ! Expr1 的值则为 false；Expr1 的值如果是 false，那么 ! Expr1 的值则为 true。

4．算术运算符

算术运算符是指用于对数值、变量进行计算的各种运算符号，如"+"、"-"、"*"、"/"、"%"等，如图 4-20 所示。

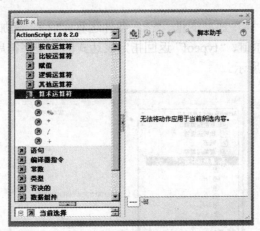

图 4-20　算术运算符

例如：+（加号）的使用

用于计算符号左边的表达式和符号右边的表达式的和。

格式：Expr1+Expr2

【实例4.4】加号的使用

新建一个 Flash 文档，选中"图层1"的第1帧，按 F9 键打开"动作"面板并输入如下代码，按组合键 Ctrl+Enter 预览效果，如图 4-21 所示。

```
var Money1=500;        //定义变量，玩家出售装备获得的金币
var Money2=490;        //定义变量，玩家消灭对手获得的金币
var Money; //定义变量，存储玩家总共拥有的金币
Money= Money1+ Money2;        //将变量 Money1 和 Money2 的值相加，赋给变量 Money
trace("您的总计金币数为："+Money) ;        //输出窗口中显示 Money 的值
```

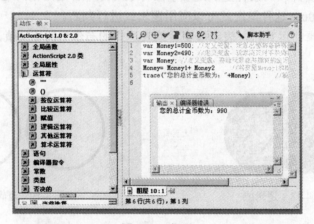

图 4-21　代码

提示

trace("您的总计金币数为："+Money)中，字符串"您的总计金币数为："的输出需要使用引号，Money 数值的输出则不需要。同时输出字符串和数值，中间使用"+"。

5. 其他运算符

其他运算符中包括"--"递减变量、"?:"条件运算、"++"递加变量、"instanceof"返回对象与类之间继承的布尔值、"typeof"返回指定表达式的类型字符串、"void"返回 undefined 值等运算符，如图 4-22 所示。

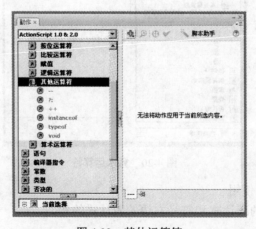

图 4-22　其他运算符

例如：++（递加）的使用

用于将表达式加 1 的预先递加或滞后递加的一元运算符。

格式：++Expr

　　　Expr++

预先递加格式：++ Expr，表示将 Expr 加 1，然后返回结果；

滞后递加格式：Expr++，表示将 Expr 加 1，返回 Expr 的初始值。

【实例 4.5】递加的使用

新建一个 Flash 文档，选中"图层 1"的第 1 帧，按 F9 键打开"动作"面板并输入如下代码，按组合键 Ctrl+Enter 预览效果，如图 4-23 所示。

```
var  a=500;         //定义变量 a
var  b=a++;         //定义变量 b，a 滞后递加，赋值于 b
var  c=500;         //定义变量 c
var  d= ++ c;       //定义变量 d，c 预先递加，赋值于 d
trace("b="+b) ;     //输出窗口中显示 b 的值
trace("d="+d) ;     //输出窗口中显示 d 的值
```

图 4-23　代码

4.3　程序控制语句

与其他程序语言类似，ActionScript 的分支和循环程序控制语句，可以控制 ActionScript 的流程。例如条件语句 if、else、else if、switch 等用来判断游戏中是否可以升级；循环语句 for、while、do while 等用来控制多次的循环操作。

4.3.1　条件语句

1．if 语句

格式：

```
if (condition) {
    statement(s);
}
......
```

　　if 语句通常用来判断所给的条件是否满足，如果判断结果（condition）为真（true），则 Flash 将运行大括号内的语句（statement(s)），再继续执行后面的内容。如果判断结果（condition）为假（false），则 Flash 将跳过大括号内的语句，执行大括号外的语句。

【实例 4.6】if 语句的使用

　　新建一个 Flash 文档，选中"图层 1"的第 1 帧，按 F9 键打开"动作"面板并输入如下代码，按组合键 Ctrl+Enter 预览效果，如图 4-24 所示。

```
var task=true;          //定义变量 task，表示游戏中任务是否完成的布尔变量
var money=0;            //定义变量 money，表示游戏中金币的值，赋初始值为 0
var Power =10;         //定义变量 Power，表示游戏中进攻力的值，赋初始值为 10
if(task==true) {       //判断任务是否完成
    money+=100;        //金币增加 100
    Power+=100;        //进攻力增加 100
}
trace("金币值为："+money);      //输出窗口中显示字符串和 money 的值
trace("进攻力为："+ Power);     //输出窗口中显示字符串和 Power 的值
```

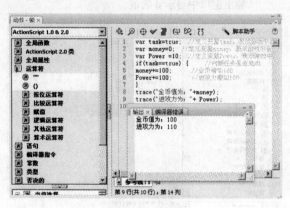

图 4-24　代码

2. if…else 语句

格式：

```
if (condition) {
    statement(s);
} else{
    statement(k);
}
……
```

　　如果判断结果（condition）为真（true），则 Flash 将运行语句（statement(s)），不执行语句（statement(k)）。如果判断结果（condition）为假（false），则 Flash 直接运行语句（statement(k)），不执行语句（statement(s)）。

　　if 与 if…else 看起来比较相似，但在控制程序流程上是有区别的。比如实例 4.6 中，我们设置游戏如果完成某任务，则增加玩家的金币数量和进攻力；如果没有完成任务，则什么也不增加。实际在游戏设置时，即使没有完成任务，进攻力也可以少量的增加，这样可以增加玩家游戏的信心。因此我们可以按实例 4.7 来设计。

【实例 4.7】if…else 语句的使用

新建一个 Flash 文档，选中"图层 1"的第 1 帧，按 F9 键打开"动作"面板并输入如下代码，按组合键 Ctrl+Enter 预览效果，如图 4-25 所示。

```
var task=false;    //定义变量 task，表示游戏中任务是否完成的布尔变量
var money=0;       //定义变量 money，表示游戏中金币的值，赋初始值为 0
var Power =10;     //定义变量 Power，表示游戏中进攻力的值，赋初始值为 10
if(task==true) {      //判断任务是否完成
    money+=100;    //金币增加 100
    Power+=100;    //进攻力增加 100
} else{
    Power+=30;     //进攻力增加 30
}
trace("金币值为: "+money);      //输出窗口中显示字符串和 money 的值
trace("进攻力为: "+ Power);     //输出窗口中显示字符串和 Power 的值
```

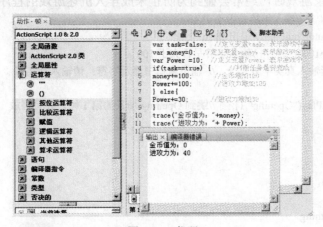

图 4-25 代码

 提示　如果任务完成（task=true），则结果显示与实例 4.6 相同，如图 4-26 所示。

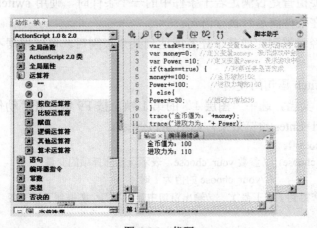

图 4-26 代码

3. if…else if…语句

格式：

```
if (condition1) {
    statement(a);
} else if(condition2){
    statement(b);
}else if(condition3){
    statement(c);
}
……
```

如果判断结果（condition1）为假（false），则 Flash 将继续判断（condition2），若仍为假，则继续判断下一个 else if 的条件式，直到某一个条件式为真（true），执行大括号中的相应 statement 后，跳过其他的 else if 语句。

比如我们在登录游戏时，经常会碰到为防止未成年人沉迷游戏的程序：

```
if(age<18){          //输入年龄是否小于 18
    fscommand("quit");    //退出 flash
}else if(age>100){        //输入年龄是否大于 100
    trace("请输入真实年龄！ ");    // 输出窗口中显示字符：请输入真实年龄！
} else{
    gotoAndPlay("Opening",1);    //跳到 Opening 场景的第 1 帧，并且播放
}
```

4. switch 语句

格式：

```
switch(expr){
case value:
    do something
[default:]
    do something
}
```

expr 表示任意的表达式；case 是关键字，value 是 expr 的值。

我们常常在需要检查是否满足若干条件中的一个条件时，使用 switch 语句。switch 语句测试一个条件，并在条件满足时执行语句。

例如在游戏中经常遇到完成某个任务或达到某个级别后，可以根据不同的完成情况玩家选择奖励物品。

【实例 4.8】switch 语句的使用

新建一个 Flash 文档，选中"图层 1"的第 1 帧，按 F9 键打开"动作"面板并输入如下代码，按组合键 Ctrl+Enter 预览效果，如图 4-27 所示。

```
var your_choose=1;
switch(your_choose){ //参数 your_choose，表示玩家选择项的变量
case 1:                //your_choose 的值为 1 时
    trace("您得到了霸王盔");    //输出窗口中显示字符: 您得到了霸王盔
    break;
case 2:                //your_choose 的值为 2 时
```

```
        trace("您得到了盘古盔");      //输出窗口中显示字符: 您得到了盘古盔
        break;
case 3:                  //your_choose 的值为 3 时
        race("您得到了恶灵盔");      //输出窗口中显示字符: 您得到了恶灵盔
        break;
default:                 //没有赋值时
        trace("您不能得到奖赏");     输出窗口中显示字符: 您不能得到奖赏
}
```

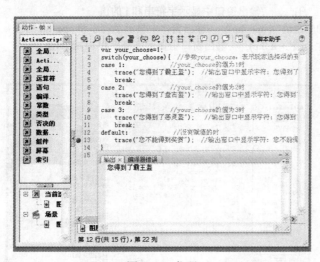

图 4-27　代码

4.3.2　循环语句

1. for 语句

格式:

```
for (init; condition; next) {
        statement(s);
}
```
……

for 语句是一个循环结构,它首先计算 init 表达式一次,只要 condition 的计算结果为真(true),则按照以下顺序开始循环序列,执行 statement,然后计算 next 表达式。

init: 通常为赋值表达式。

condition: 计算结果为 true 或 false 的表达式。在每次循环迭代前计算该条件,当条件的计算结果为 false 时退出循环。

next: 一个在每次循环迭代后要计算的表达式;通常为使用递增(++)或递减(--)运算符的赋值表达式。

例如游戏中,要求在与 NPC 战斗时,游戏限定最多 8 个回合就要结束战斗。

【实例 4.9】for 语句的使用

新建一个 Flash 文档,选中"图层 1"的第 1 帧,按 F9 键打开"动作"面板并输入如下代码,按组合键 Ctrl+Enter 预览效果,如图 4-28 所示。

```
var i;        //定义变量 i，在循环时计数
var npc_hp=100;   //定义变量 npc_hp，表示游戏中 npc 的生命值
var it_hp=100;   //定义变量 it_hp，表示游戏中玩家的生命值
var npc_hit=5;   //定义变量 npc_hit，表示游戏中 npc 每击中游戏玩家后，玩家需减去的生命值
var it_hit=6;   //定义变量 it_hit，表示游戏中玩家每击中 npc 后，npc 需减去的生命值
for (i=0;i<12;i++) {   //for 循环，用 i 计数，i 到 10 后停止循环
    npc_hp-=it_hit;   //npc 的生命值等于原有值减去玩家对其伤害值（it_hit）
it_hp-=npc_hit;      //it 的生命值等于原有值减去 npc 对其伤害值（npc_hit）
trace("回合："+i);   //输出窗口中显示字符串和 i 的值
trace("npc 的生命值"+ npc_hp);   //输出窗口中显示字符串和 npc_hp 的值
trace("it 的生命值"+ it_hp);   //输出窗口中显示字符串和 it_hp 的值
}
```

图 4-28　代码

 提示　本例假设玩家和 pnc 对抗时，每个回合都是各击中对方一次。

2. while 语句

格式：

```
while (condition) {
    statement(s);
}
......
```

while 语句是一个循环结构。首先计算 condition，如果结果为 true，则执行后面的语句，如果结果为 false，则跳过大括号中的语句，继续执行之后的语句。

condition：每次执行 while 动作时都有重新计算的表达式。如果该语句的计算结果为真（true），则运行 statement。

statement(s)：条件语句结果为真时要执行的语句。

例如在游戏中指定玩家对付 npc 时，每进攻一次，获得经验值 10，如果经验值达到 100，则可以升级。

【实例 4.10】while 语句的使用

新建一个 Flash 文档，选中"图层 1"的第 1 帧，按 F9 键打开"动作"面板并输入如下代码，按组合键 Ctrl+Enter 预览效果，如图 4-29 所示。

```
var i=0;                    //定义变量 i，记录进攻的次数
var it_exp=10;              //定义变量 it_exp，表示游戏中玩家的初始经验值
var it_hit=10;              //定义变量 it_hit，表示游戏中玩家每击中 npc 后，玩家获得的经验值
while (it_exp<100) {        //如果 it_exp<100 循环继续，直到大于或等于 100 退出循环
    it_exp+= it_hit;        //玩家的经验值等于原有值加上进攻一次获得的值
    i+=1;                   //进攻 1 次计数
    trace("进攻次数："+i);        //输出窗口中显示字符串和 i 的值
    trace("it 的经验"+ it_exp);   //输出窗口中显示字符串和 it_exp 的值
}
```

图 4-29　代码

4.4　常用动作

4.4.1　stop 和 play

stop：主要功能是停止影片的播放。如果动画中没有加入 stop 动作就会一直循环播放。若要取消动画开始的自动播放，或在某个指定的帧停止播放，可以使用 stop 动作。

格式：

```
stop();
```

如果要让某个影片剪辑停止播放，可以直接在它前面加上影片剪辑的实例名。

```
box_mc.stop();
```

play：是一个播放命令，主要的功能是控制时间轴的动画播放。

格式：

```
play();
```

如果要让已经停止播放的影片剪辑开始播放，可以直接在它前面加上影片剪辑的实例名。

```
box_mc.play();
```

【实例 4.11】播放和停止

步骤 1：新建 Flash 文档，并设置尺寸为 550px×400px，帧频为 12fps，如图 4-30 所示。

图 4-30　设置文档属性

步骤 2：修改图层名为"背景"，并在该图层的第 1 帧中绘制如图 4-31 所示的白云和天空，并分别将其转换成图形元件。

图 4-31　白云绘制

步骤 3：单击"插入图层"按钮，新建一个名为"气球"的图层，在第 1 帧分别绘制不同颜色的气球和蝴蝶结，并单独转换为元件。最后组合成气球总体，按 F8 键将其转换为影片剪辑元件，如图 4-32 所示。

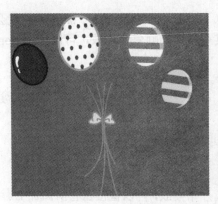

图 4-32　气球绘制

步骤 4：单击"插入图层"按钮，新建一个名为"按钮"的图层，在第 1 帧中绘制如图 4-33 所示的图形，选中后按 F8 键转换为名为"button-play"的按钮元件。

步骤 5：双击按钮元件，进入元件编辑模式，如图 4-34 所示。

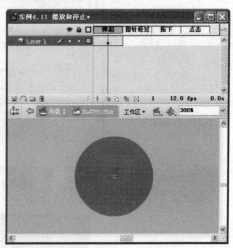

图 4-33　按钮绘制　　　　　　　　　图 4-34　元件编辑

步骤 6：在第 1 帧中输入"PLAY"，如图 4-35 所示。

步骤 7：分别在"指针经过"、"按下"和"点击"帧插入关键帧，如图 4-36 所示。

图 4-35　文字输入　　　　　　　　　图 4-36　按钮设置

步骤 8：选中"指针经过"帧，将"PLAY"的颜色进行更改，并将其放大到 110%，如图 4-37 所示。

提示　步骤 8 设置了按钮动画，动画播放时，鼠标经过按钮时"PLAY"会变色并放大。

步骤 9：单击"场景 1"按钮返回到主场景。按同样的方法制作名为"button-stop"的按钮元件，如图 4-38 所示。

图 4-37　变形

图 4-38　按钮制作

步骤 10：分别选中"背景"层和"按钮"的第 50 帧，按 F5 键插入帧。选中"气球"层的第 50 帧，按 F6 键插入关键帧，如图 4-39 所示。

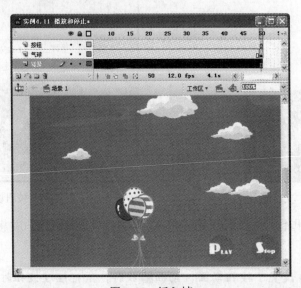

图 3-39　插入帧

步骤 11：选中"气球"层的第 50 帧，将气球影片剪辑元件拖放到顶端。在两个关键帧之间创建补间动画，形成气球上升的动画效果，如图 4-40 所示。

图 4-40　移动位置

步骤 12：单击"插入图层"按钮，新建一个名为"动作"的图层，在第 50 帧处插入空白关键帧。按 F9 键弹出"动作"面板，如图 4-41 所示。

图 4-41　"动作"面板

步骤 13：单击左侧动作工具箱中的"全局函数"→"时间轴控制"，双击"stop"命令，在脚本窗格中显示"stop();"命令，如图 4-42 所示。

 提示　步骤 13 给帧 50 添加了命令，动画播放到第 50 帧处将停止。通过时间轴动作脚本停止动画的播放。

步骤 14：选中"button-play"按钮，按 F9 键弹出"动作"面板。单击左侧动作工具箱中的"全局函数"→"影片剪辑控制"，双击"on"命令，在脚本窗格中显示按钮事件句柄 on，如图 4-43 所示。

步骤 15：为了设置在单击按钮时触发动作，双击"press"选项，如图 4-44 所示。

图 4-42　输入代码

图 4-43　选择 on 命令

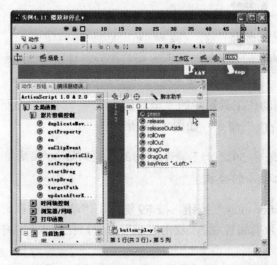

图 4-44　选择 press 命令

步骤 16：在脚本窗格中显示 on(press)，然后在{}之间按下 Enter 键，增加一行。光标移动到中间行，单击左侧动作工具箱中的"全局函数"→"时间轴控制"，双击"play"命令，动作代码如图 4-45 所示。

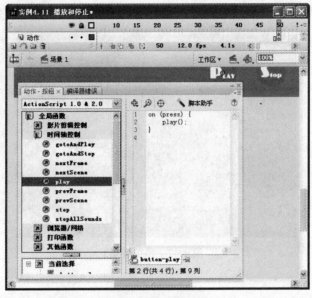

图 4-45　输入 play 命令

```
on (press) {
    play();
}
```

步骤 17：选中"button-stop"按钮，按同样的方法给停止按钮添加代码。不同之处应单击动作工具箱中的"全局函数"→"时间轴控制"，双击"stop"命令，代码如图 4-46 所示。

图 4-46　输入 stop 命令

提示　给按钮添加代码时，首先应选中按钮，再按 F9 键弹出 "动作" 面板；给帧添加代码时，首先应选中帧，再按 F9 键弹出 "动作" 面板。

步骤 18：按组合键 Ctrl+Enter 预览效果。气球上升的动画中，按 "stop" 按钮，气球停止上升；按 "play" 按钮，气球继续上升。到第 50 帧处动画停止，如图 4-47 所示。

图 4-47　预览效果

4.4.2　goto

goto 语句主要用于控制动画的跳转，具体可分为 gotoAndPlay 和 gotoAndStop。

gotoAndPlay：它让动画跳转到指定的帧并播放。有三种用法：跳转到指定的帧、跳转到指定的场景的帧和跳转到标签。

要控制影片剪辑，可以在影片剪辑的前面加上影片剪辑的实例名。例如：

　　box_mc.gotoAndPlay(2);　//跳转到影片剪辑 box_mc 的第 2 帧，并开始播放。

格式：

　　gotoAndPlay(8);　　　　　　　　//跳转到指定的帧（第 8 帧），并开始播放
　　gotoAndPlay("场景 1",8)　　　　 //跳转到指定场景（场景 1）的指定帧（第 8 帧）并开始播放
　　gotoAndPlay("标签 1")　　　　　 //跳转到指定的标签（标签 1），并开始播放

gotoAndStop：它让动画跳转到指定的帧并停止。用法与 gotoAndPlay 是类似的。

要控制影片剪辑，可以在影片剪辑的前面加上影片剪辑的实例名。例如：

　　box_mc. gotoAndStop (2);　//跳转到影片剪辑 box_mc 的第 2 帧，并停止播放。

格式：

　　gotoAndStop(8);　　　　　　　　//跳转到指定的帧（第 8 帧），并停止播放
　　gotoAndStop("场景 1",8)　　　　 //跳转到指定场景（场景 1）的指定帧（第 8 帧）并停止播放
　　gotoAndStop("标签 1")　　　　　 //跳转到指定的标签（标签 1）并停止播放

【实例 4.12】gotoAndStop

步骤 1：新建 Flash 文档，并设置尺寸为 550px×400px，帧频为 12fps，如图 4-48 所示。

步骤 2：修改图层名为 "背景"，并在该图层的第 1 帧中导入素材文件夹中的 "000.jpg" 图片，调整图片大小，按 F8 键将其转换为名为 "背景" 的图形元件，设置元件 Alpha 属性为 50%，并延长帧到第 20 帧，如图 4-49 所示。

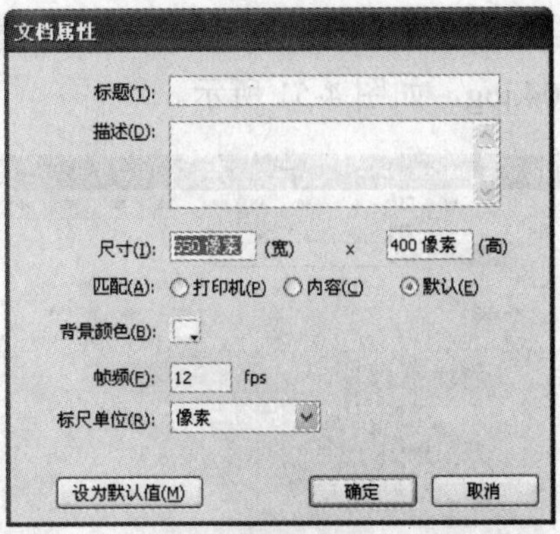

图 4-48　设置文档属性

图 4-49　导入背景素材，设置背景图层

步骤 3：单击"插入图层"按钮，新建一个名为"图片"的图层。将素材文件夹中的 001.jpg、002.jpg、003.jpg、004.jpg 四张图片导入到库中，如图 4-50 所示。

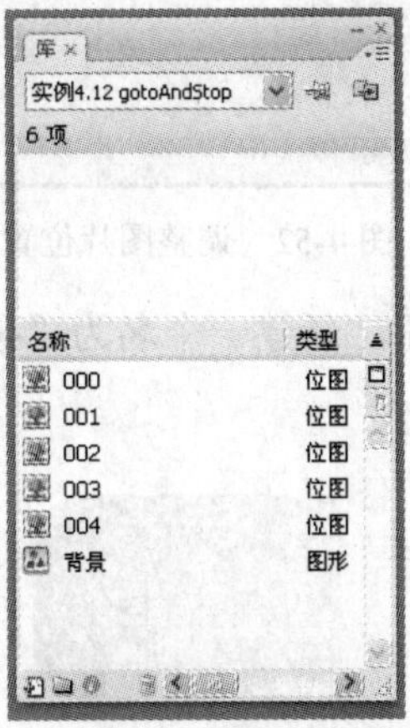

图 4-50　导入素材

步骤 4：分别在"图片"图层的第 1 帧、第 5 帧、第 10 帧、第 15 帧中拖入库中的图片 001.jpg、002.jpg、003.jpg、004.jpg，如图 4-51 所示。

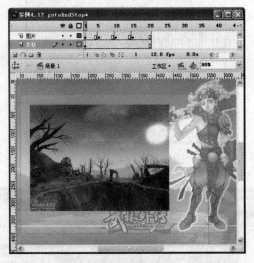

图 4-51　元件实例化

步骤 5：分别设置第 1 帧、第 5 帧、第 10 帧、第 15 帧图片的大小和位置。大小为 40%，位置为"X：28"、"Y：29"，如图 4-52 所示。

图 4-52　调整图片位置

步骤 6：单击"插入图层"按钮，新建一个名为"按钮"的图层，在第 1 帧中绘制圆角矩形，如图 4-53 所示。

图 4-53　新建按钮图层

步骤 7：选中该矩形，按 F8 键将其转换为名为"bt_1"的按钮元件。双击进入元件编辑模式，在"弹起"帧输入文字"pic 1"，如图 4-54 所示。

图 4-54　转换为按钮

步骤 8：单击"场景 1"按钮返回到主场景编辑模式。在库中选中"bt_1"按钮元件并右击，选择快捷菜单中的"直接复制"命令，将其更名为"bt_2"，如图 4-55 所示。

图 4-55　直接复制元件

 提示　"直接复制"命令可以复制相同的另一个元件。

步骤 9：按同样的方法再复制"bt_3"和"bt_4"按钮元件。双击"bt_1"按钮元件，进入元件编辑模式。分别在"指针经过"、"按下"、"点击"帧插入关键帧，并将"指针经过"帧的对象放大 120%，如图 4-56 所示。

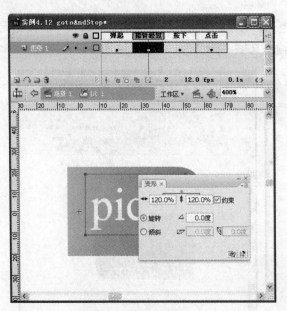

图 4-56 制作按钮动画

 提示 该操作形成了按钮指针经过时放大的动画。

步骤 10：分别进入其他 3 个按钮的编辑模式，更改文本内容为 "pic 2"、"pic 3"、"pic 4"，并设置按钮动画，如图 4-57 所示。

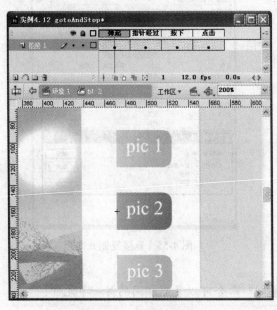

图 4-57 制作按钮动画

步骤 11：单击"场景 1"返回到主场景编辑模式。将库中的 bt_2、bt_3、bt_4 按钮拖放到"按钮"图层的第 1 帧，将 4 个按钮调整好位置和大小，并使用直线工具在左侧绘制一条直线，延长"按钮"图层到第 20 帧，如图 4-58 所示。

图 4-58　调整按钮位置

步骤 12：单击"插入图层"按钮，新建一个名为"as"的图层。选中第 1 帧，按 F9 键弹出"动作"面板。单击左侧动作工具箱中的"全局函数"→"时间轴控制"，双击"stop"命令，在脚本窗格中显示停止命令，如图 4-59 所示。

图 4-59　输入代码

步骤 13：选中"按钮"图层的第 1 帧，单击"bt_1"按钮。按 F9 键弹出"动作"面板。单击左侧动作工具箱中的"全局函数"→"影片剪辑控制"，双击"on"命令，在脚本窗格中显示按钮事件处理函数 on，双击"release"选项后代码如图 4-60 所示。

图 4-60　选择命令

步骤 14：然后在{}之间按下 Enter 键，增加一行。光标移动到中间行，单击左侧动作工具箱中的"全局函数"→"时间轴控制"，双击"gotoAndStop"命令，并在"()"中输入 1，动作代码如图 4-61 所示。

图 4-61　输入代码

```
on (release) {
        gotoAndStop(1);
    }
```

步骤 15：按同样的方法，为按钮"bt_2"添加代码，如图 4-62 所示。

步骤 16：为按钮"bt_3"添加代码，如图 4-63 所示。

步骤 17：为按钮"bt_4"添加代码，如图 4-64 所示。

图 4-62　添加按钮代码

图 4-63　添加按钮代码

图 4-64　添加按钮代码

提示 4个按钮的代码基本一样，只是更改括号中的帧数，分别为 1、5、10、15。

步骤 18：按组合键 Ctrl+Enter 预览效果，如图 4-65 所示。

图 4-65　预览效果

4.4.3　声音

声音可以加载到时间轴上进行同步的播放，也可以导入到库中后再通过命令将其加载到动画中。

下面通过实例来讲解声音的操作。

【实例 4.13】声音和按钮

步骤 1：新建 Flash 文档，并设置尺寸为 680px×500px，帧频为 12fps，如图 4-66 所示。

步骤 2：修改图层名称为"背景"，并在该图层的第 1 帧中绘制一个矩形，矩形高度比舞台高度稍小。矩形采用#FFFFFF 和#C2CBDE 的"线性"渐变色，如图 4-67 所示。

图 4-66　设置文档属性

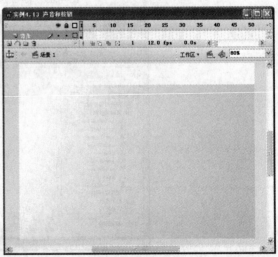

图 4-67　绘制背景

步骤3：选用工具箱中的"文本工具"，在第1帧舞台的顶端输入文字"幻想三国志"和"人物介绍"，如图4-68所示。

图 4-68　输入文字

步骤 4：单击"插入图层"按钮，新建一个名为"人物"的图层。导入素材文件夹中的"rw1.jpg"、"rw2.jpg"、"rw3.jpg"等三张图片到库中。在"人物"图层的第1帧拖入库中的图片"rw1.jpg"、"rw2.jpg"、"rw3.jpg"，如图4-69所示。

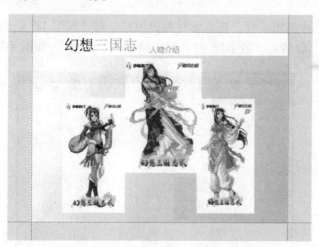

图 4-69　插入图层，导入素材并拖入到舞台

步骤5：在第1帧3张图片空白处分别绘制3个渐变色的矩形，分别是#FF9900到#CC0000的线性渐变、#33CCFF到#0066CC的线性渐变、#CCFF00到#009900的线性渐变，如图4-70所示。

步骤6：选中左上角的矩形，按F8键将其转换为名为"mc_1"的影片剪辑元件，选中影片剪辑后在"属性"面板中的"实例名称"中输入"sy"，如图4-71所示。

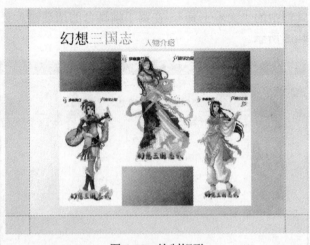

图 4-70　绘制矩形

图 4-71　设置影片剪辑实例名称

> 提示　设置影片剪辑的"实例名称"，是为了在代码中调用影片剪辑动画。这个步骤必不可少。

步骤 7：双击影片剪辑元件，进入元件编辑模式。将"图层 1"延长至第 15 帧。在"图层 1"上增加一层，命名为"名字"，并在第 1 帧输入"沈嫣"，如图 4-72 所示。

图 4-72　输入文字

步骤 8：将文字打散，按 F8 键，将其转换为名为"wz_1"的图形元件。在第 8 帧处按 F6 键插入关键帧，并将该帧中的元件 Alpha 属性设置为 0，同时将元件向右边移动。在关键帧之间创建补间动画，延长帧到第 15 帧，如图 4-73 所示。

图 4-73　制作文字动画

 提示　形成了文字向右并渐渐消失的动画。

步骤 9：单击"插入图层"按钮，新增一个名为"特点"的图层。在第 2 帧处插入空白关键帧，并输入"娇俏可人"，如图 4-74 所示。

图 4-74　输入文字

步骤 10：将文字打散，按 F8 键将其转换为名为"wz_2"的图形元件。在第 9 帧处按 F6 键插入关键帧，并将第 2 帧的元件 Alpha 属性设置为 0，同时将第 9 帧中的元件向左边移动。在关键帧之间创建补间动画，延长帧到第 15 帧，如图 4-75 所示。

图 4-75 制作文字动画

 提示 形成了文字向左并渐渐清晰的动画。

步骤 11：单击"插入图层"按钮，新增一个名为"as"的图层。选中"as"图层的第 1 帧，按 F9 键弹出"动作"面板，单击左侧动作工具箱中的"全局函数"→"时间轴控制"，双击"stop"命令，在脚本窗格中显示"stop();"命令。在第 15 帧按 F7 键插入空白关键帧，同样给第 15 帧添加"stop();"命令，如图 4-76 所示。

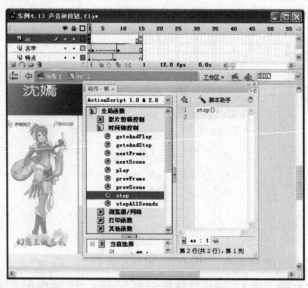

图 4-76 添加帧代码

步骤 12：按同样的方法制作"mc_2"和"mc_3"影片剪辑元件。"mc_2"设置影片剪辑的"实例名称"为"yz",其中的文字内容中,姓名为"瑶甄",特点为"温柔恬美",其他层内容与"mc_1"一致,如图 4-77 所示。

图 4-77 制作影片剪辑动画

步骤 13:"mc_3"设置影片剪辑的"实例名称"为"ht",其中的文字内容中,姓名为"海棠",特点为"慧黠灵巧",其他层内容与"mc_1"一致,如图 4-78 所示。

图 4-78 制作影片剪辑动画

 提示 主要动画制作完成。下面来介绍按钮和声音的制作。

步骤 14:在场景编辑模式中单击"插入图层"按钮,插入一个名为"按钮"的图层。首先在"按钮"层的第 1 帧中添加"公用库"中的播放和停止按钮,以控制动画背景音乐的播放和停止。选择"窗口"菜单"公用库"级联菜单中的"按钮"命令,弹出"库"面板,如图 4-79 所示。

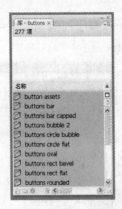

图 4-79　选择公用库命令

步骤 15：选择"classic buttons→Circle Buttons→play"和"classic buttons→Circle Buttons →stop"，拖放到"按钮"层的第 1 帧舞台上，如图 4-80 所示。

图 4-80　拖放公用库按钮

步骤 16：将素材文件夹中的"music.mp3"和"Button.wav"声音文件导入到库中，如图 4-81 所示。

图 4-81　导入声音素材

提示　.mp3 和.wav 格式的音频都可以导入到 Flash 中。

步骤 17：在库中选中声音"music.mp3"，单击鼠标右键，在弹出的菜单中选择"链接"命令打开"链接属性"对话框，勾选"为 ActionScript 导出"，在"标识符"后输入"ztq"，如图 4-82 所示。

图 4-82　设置声音链接属性

 提示　标识符中的"ztq"指定音频的 ID 名称，将会在程序中引用。

步骤 18：在主场景编辑模式中单击"插入图层"按钮，插入一个名为"as"的图层并在第 1 帧中按 F9 键打开"动作"面板，输入如下代码，如图 4-83 所示。

```
att_sound=new Sound();          //创建声音对象，名为 att_sound
att_sound.attachSound ("ztq");  //附加"ztq"
```

图 4-83　输入代码

此时，已经将声音从库中附加到主场景中，但还不能听到声音。下面将为控制主题曲的声音添加按钮的代码。

步骤 19：单击选中"stop"按钮，按 F9 键打开"动作"面板，输入如下代码，如图 4-84 所示。

```
on (press) {
    att_sound.stop();    //单击按钮，声音停止
}
```

图 4-84　输入按钮代码

步骤 20：单击选中"play"按钮，按 F9 键打开"动作"面板，输入如下代码，如图 4-85 所示。

```
on (press) {
    att_sound.stop();        //单击按钮，声音停止
    att_sound.start();       //声音开始播放
}
```

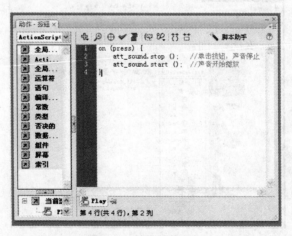

图 4-85　输入按钮代码

提示　先执行"声音停止"，再执行"声音播放"是为了同一时间只有一段声音在播放。声音附加的操作完成。下面为动画的播放添加按钮，并设置按钮声音。

步骤 21：在"按钮"层的第 1 帧，分别绘制 3 个矩形，遮盖住 3 个影片剪辑。将 3 个矩形分别转换为名为"bt_1"、"bt_2"和"bt_3"的按钮元件，如图 4-86 所示。

图 4-86　创建按钮

步骤 22：选中第 1 个按钮，按 F9 键打开"动作"面板。单击左侧动作工具箱中的"全局函数"→"影片剪辑控制"，双击"on"命令，选中"rollOver"单击。在脚本窗格中显示代码，如图 4-87 所示。

```
on (rollOver) {
}
```

图 4-87　选择按钮命令

步骤 23：在{}之间按回车键，光标停在中间行。单击"插入目标路径"按钮弹出"插入目标路径"对话框,如图 4-88 所示。

图 4-88　插入目标路径

步骤 24:在"插入目标路径"对话框中选择"sy",单击"确定"按钮,如图 4-89 所示。将出现如下代码:

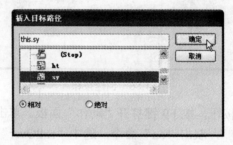

图 4-89　选择目标

```
on (rollOver) {
    this.sy
}
```

步骤 25:补充后面的代码".play();",如图 4-90 所示。

图 4-90　补充代码

```
on (rollOver) {
        this.sy.play();      //鼠标经过按钮时，播放影片剪辑"sy"。
}
```

步骤 26：继续补充代码，如图 4-91 所示。

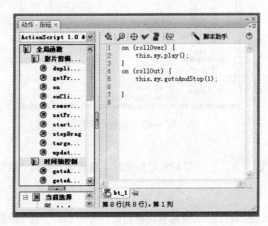

图 4-91　输入代码

```
on (rollOut) {
        this.sy.gotoAndStop(1);   //鼠标移出按钮时，影片剪辑"sy"跳转到第1帧并停止。
}
```

步骤 27：选中第 2 个按钮，按 F9 键弹出"动作"面板。按同样的方法输入下面的代码，如图 4-92 所示。

图 4-92　按钮代码

```
on (rollOver) {
        this.yz.play();      //鼠标经过按钮时，播放影片剪辑"yz"。
}
on (rollOut) {
        this.yz.gotoAndStop(1);   //鼠标移出按钮时，影片剪辑"yz"跳转到第1帧并停止。
}
```

步骤 28：选中第 3 个按钮，按 F9 键弹出"动作"面板。按同样的方法输入下面的代码，如图 4-93 所示。

图 4-93　按钮代码

```
on (rollOver) {
    this.ht.play();                //鼠标经过按钮时，播放影片剪辑"ht"。
}
on (rollOut) {
    this.ht.gotoAndStop(1);     //鼠标移出按钮时，影片剪辑"ht"跳转到第 1 帧并停止。
}
```

步骤 29：双击第 1 个按钮，进入元件编辑模式。插入一个图层。在"指针经过"帧插入空白关键帧。选中该帧，将库中的"Button.wav"音频拖放到舞台，如图 4-94 所示。

图 4-94　按钮声音

　此操作设置了当鼠标经过按钮时，发出"Button.wav"的声音。

步骤 30：返回到主场景，将"bt_1"按钮元件的 Alpha 属性设置为 0，并双击进入编辑模式，插入 3 个关键帧。如图 4-95 所示。

　将按钮元件的 Alpha 值设置为 0，按钮将隐形，以便可以显示影片剪辑"mc_1"的播放。

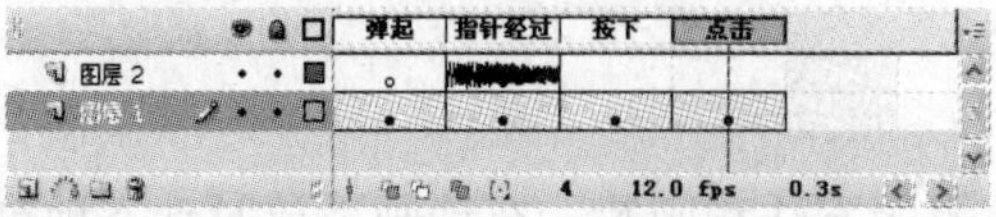

图 4-95 按钮元件 Alpha 属性设置

步骤 31：按同样的方法添加其他两个按钮的"指针经过"声音，同样设置按钮的 Alpha 值和插入关键帧，如图 4-96 所示。

图 4-96 按钮声音

步骤 32：按组合键 Ctrl+Enter 预览效果。该实例在单击"play"和"stop"按钮时可以控制主题曲的播放和停止。鼠标经过 3 个影片剪辑位置时，可以播放影片剪辑动画，同时带有声音，如图 4-97 所示。

图 4-97 预览效果

4.4.4 影片剪辑

我们可以使用影片剪辑的方法和函数，在动画播放时动态地创建影片剪辑对象和操作，下面我们将介绍利用 duplicateMovieClip 来复制影片剪辑。

【实例 4.14】影片剪辑复制

步骤 1：新建 Flash 文档，并设置尺寸为 450px×350px，帧频为 12fps，如图 4-98 所示。修改"图层 1"名称为"背景"。

步骤 2：将素材文件夹中的"bj.jpg"图片文件导入到库中，并将其拖放到"背景"图层的第 1 帧中，调整好位置和大小，如图 4-99 所示。

图 4-98　设置文档属性　　　　　　　　　　　　　图 4-99　背景图片导入

步骤 3：单击"插入图层"按钮，新建一个名为"影片剪辑"的图层。选用工具箱中的"椭圆工具"在第 1 帧舞台绘制一个正圆。填充颜色为从#FFFFFF 到#A9E466 的"放射状"渐变色，如图 4-100 所示。

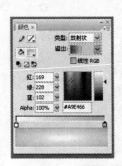

图 4-100　绘制球形

提示　绘制图形后，使用"渐变变形工具"将中心点移动到左上角。

步骤 4：选中圆，按 F8 键将其转换为名为"泡泡"的图形元件，如图 4-101 所示。

图 4-101　转化为元件

步骤 5：选中"泡泡"图形元件，按 F8 键将其转换为影片剪辑元件，命名为"泡泡动"，如图 4-102 所示。

图 4-102　转化为影片剪辑元件

步骤 6：双击"泡泡动"影片剪辑元件，进入元件编辑模式。在第 15 帧处按 F6 键插入关键帧。将第 15 帧的"泡泡"图形元件放大 200%，并设置 Alpha 属性值为 0%。在关键帧间直接创建补间动画，并设置旋转属性的值为"顺时针"和"5 次"，如图 4-103 所示。

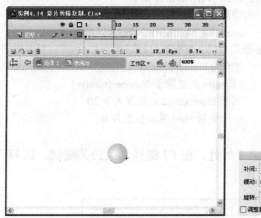

图 4-103　泡泡旋转消失动画制作

提示　　此时影片剪辑和动画制作完毕，下面添加代码。

步骤 7：单击"场景 1"按钮返回场景编辑模式，将前面两个图层都延长到第 2 帧。将"泡泡动"影片剪辑拖出舞台，设置实例名称为"move"，如图 4-104 所示。

图 4-104　设置影片剪辑实例名称

提示　该步骤必不可少，在后面的代码中将会引用"move"。

步骤8：单击"插入图层"按钮，新建一个名为"as"的图层。选中第1帧，按F9键打开"动作"面板，输入以下代码，如图4-105所示。

图 4-105　输入帧代码

```
Mouse.hide();                              //隐藏鼠标光标，调用了 hide 函数
startDrag("/move", true);                  //拖动影片剪辑实例 move，并锁定到鼠标
duplicateMovieClip("/move", newmove, Number(num)+1);
// duplicateMovieClip：复制影片剪辑。复制的目标对象为"move"，复制出的新影片剪辑的名称为
    "newmove"，新影片剪辑的深度为 Number(num)+1
num = Number(num)+1;                       //变量 num 的值等于 Number(num)+1
if (Number(num)>20) {                      //判断 Number(num)是否大于 20
        num = 0;                           //变量 num 重新赋值为 0
}
```

步骤9：选中"as"图层的第2帧处，按F7键插入空白关键帧。按F9键打开"动作"面板，输入以下代码，如图4-106所示。

图 4-106　输入帧代码

```
gotoAndPlay(1);        //跳转到第 1 帧并播放
```

步骤10：按组合键 Ctrl+Enter 预览效果。通过对影片剪辑的复制，鼠标在舞台上移动时，

"泡泡动"影片剪辑动画跟随鼠标重叠播放,如图 4-107 所示。

图 4-107 预览效果

4.4.5 getURL

利用 Flash 制作的动画和游戏、网页等,经常需要链接到其他网页或站点。应用 getURL 可以跳转到其他网页或站点,甚至可以发送邮件。

【实例 4.15】getURL

步骤 1:在素材文件夹中打开之前制作的广告条动画文件,如图 4-108 所示。

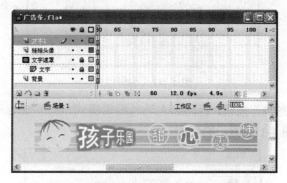

图 4-108 打开文件

步骤 2:单击"插入图层"按钮,在图层最顶层插入一个名为"按钮"的图层,如图 4-109 所示。

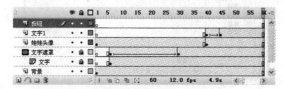

图 4-109 插入图层

步骤 3:在"按钮"图层的第 1 帧,使用"矩形工具"绘制矩形。选中矩形,按 F8 键将其转换为名为"链接"的按钮元件,如图 4-110 所示。

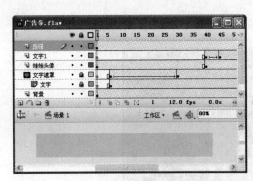
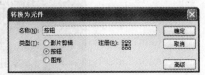

图 4-110　转换为按钮元件

　矩形的填充颜色可以任意选择，大小为舞台相同大小。

步骤 4：双击按钮元件，进入元件编辑模式。选中"弹起"帧向后拖动到"点击"帧，如图 4-111 所示。

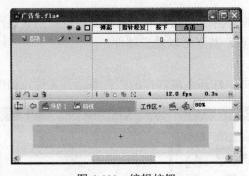

图 4-111　编辑按钮

步骤 5：单击"场景 1"按钮，返回到主场景编辑模式。选中按钮元件，按 F9 键打开"动作"面板，并输入如图 4-112 所示的代码。

图 4-112　输入按钮代码

```
on (release) {
    getURL("http://www.163.com", "_blank");    //单击按钮链接到 http://www.163.com
}
```

步骤 6：按组合键 Ctrl+Enter 预览效果，如图 4-113 所示单击动画将链接到 http://www.163.com。

图 4-113　预览效果

本章小结

本章介绍了 ActionScript 的相关知识。主要介绍了使用 ActionScript 可以制作出的效果，介绍了 ActionScript 编辑窗口的主要构成和使用方法；讲解了 ActionScript 编程的基础，包括动作、事件、对象、属性、变量、数据类型和运算符等；分析了程序控制语句中主要的条件语句和循环语句，并设计了实例来帮助理解程序控制语句；最后介绍了常用的动作，并使用实例来说明动作的用法和作用。本章的基础知识是 Flash 编程必不可少的，因此我们应该认真地体会和掌握编程基础知识，为 Flash 游戏设计打下基础。

习题四

单选题

1. 下列选项中，不能添加脚本的是（　　）。

   A．帧　　　　　　　　　　　　　B．图形元件

   C．按钮元件　　　　　　　　　　D．影片剪辑

2. 打开"颜色"面板的快捷方式是（　　）。

   A．Shift+F7　　　　　　　　　　B．Shift+F8

   C．Shift+F9　　　　　　　　　　D．Shift+F10

3. 在 Flash 中，"动作"面板中 ▤ 按钮的作用是（　　）。

   A．脚本自动套用格式　　　　　　B．语法检查

   C．显示代码提示　　　　　　　　D．脚本帮助

4. 下列关于 Flash 中基本的数据类型说法错误的是（　　）。

   A．Boolean 数据类型包括两个值：true 和 false

   B．Number 数据类型可以表示整数、无符号整数和浮点数

   C．undefined 数据类型包含一个值：undefined

   D．Object 数据类型是由 MovieClip 类定义的

5. 下列关于变量的定义，错误的是（　　）。

   A．_My_name=good　　　　　　　B．3_2=hello

   C．goto=byby　　　　　　　　　　D．_$12=yes

多选题

1. 下列关于变量类型的描述错误的是（　　）。
   A．保留字不能在代码中用作标识符
   B．变量可以任意命名，不需要遵守规则
   C．在函数内声明的变量是局部变量
   D．变量名 BALLS 与 balls 不能被解释为同一变量

2. 下列关于变量运算的描述正确的是（　　）。
   A．表达式由运算符和操作数组成
   B．赋值运算符有两个操作数
   C．数字表达式使用数值运算符
   D．关系运算符只有一个操作数

3. 下列属于 ActionScript 基本数据类型的是（　　）。
   A．Boolean　　　　　　　　　　B．Number
   C．String　　　　　　　　　　　D．MovieClip

4. 下列关于 while 循环语句说法正确的是（　　）。
   A．while 循环在条件为 true 时重复执行
   B．在不确定一段代码块循环多少次时多使用 while 循环
   C．当条件不再为 true 时，循环将退出
   D．while 循环不会出现无限循环

判断题

1. 在递增运算中，a++等同于 a+=1 或 a=a+1。（　　）
2. 变量名称一定要区分大小写。（　　）
3. String 数据类型可以包括 " " 符号。（　　）
4. 在"动作"面板输入保留字时，系统默认的字符串的颜色是蓝色。（　　）
5. 一般语言的流程控制分逻辑判断、循环控制和中断控制 3 种。（　　）
6. 比较字符串是否相同，可以使用关系运算符进行比较。（　　）
7. if 是最常用的条件判断式。（　　）

第 5 章　Flash 游戏实战

本章重点

✖ Flash 游戏制作的准备
✖ Flash 变装游戏制作
✖ Flash 接礼物游戏制作
✖ Flash 找茬游戏制作

本章难点

✖ ActionScript 书写
✖ 按钮程序代码
✖ 帧程序代码
✖ 影片剪辑程序代码

学习目标

✖ 掌握 Flash 游戏制作的准备工作
✖ 掌握 Flash 变装游戏制作方法
✖ 掌握 Flash 接礼物游戏制作方法
✖ 掌握 Flash 找茬游戏制作方法

Flash 游戏在网络中出现频繁，它以开发简单、趣味性强、运用方便等特点，深受大家的喜欢。Flash 游戏产生的时间并不是很长，但游戏的种类覆盖面很广，可单人和多人玩，并有适合不同年龄人群的各种类型的游戏。本章将介绍 Flash 游戏制作的设计准备和流程，并详细介绍几款 Flash 游戏制作的精彩实例。

5.1　Flash 游戏设计准备

在设计游戏之前，我们除了要有 ActionScript 基础和操作技能以外，还要在设计之前做好策划，再为游戏设计游戏开头界面、游戏规则、按键的设定、游戏背景设计、主要角色设计、关卡设计等。

5.1.1　游戏策划

游戏策划是制作游戏最关键的步骤之一，当然在 Flash 游戏中也不例外，因为策划是游戏诞生的第一步。怎样的游戏才好玩，能吸引用户的眼球和思考，并接着玩下去？这是策划要考虑的问题，把握好玩家的心理至关重要。

在策划制作游戏时，首先要确定游戏的目标和类型，再形成具体的制作游戏流程，规划好游戏流程和进行方式，确定游戏的情节、得分机制、扣分机制、过关条件、难易控制等。

5.1.2　素材准备

● 图形素材

游戏中需要的图形资料，比如背景等，可以在 Flash 中直接绘制，也可以通过其他软件进行绘制后导入到 Flash 中，甚至可以通过网络搜索下载其他图片导入。在游戏中可以使用矢量图，也可以使用位图。

● 元件素材

在游戏中交互使用的按钮元件、影片剪辑元件动画、图形元件动画等，都是按照动画制作的方法来制作。

● 声音素材

声音在游戏中起到非常重要的作用，能为游戏增色不少。因此声音素材的准备和选择也很重要。可以通过在网络上搜索得到合适的声音文件；也可以利用音频编辑软件截取或编辑音乐歌曲获得声音文件；在其他游戏中也可以获得不错的游戏音效。在 Flash 游戏中，一是要添加背景音乐，二是要添加动作音乐，比如按钮声音、过关庆祝声音等。

5.1.3　游戏实现

做好了游戏的策划，并准备好相关素材后，就可以开始制作游戏了。不同种类的游戏制作的难度和方法都不一样，要求制作者掌握好程序语言、美工实现等，并要求制作人员有良好的团队合作能力，发挥各自的长处，共同完成游戏。

游戏制作完成后，要通过多次的测试和修改，以达到精益求精的效果。

5.2 游戏实例实战

5.2.1 变装游戏

变装游戏是很多女性白领喜欢的游戏之一。游戏玩家可以随心所欲地给模特搭配衣物和首饰等，使 MM 变装。变装游戏轻松、愉悦，使玩家达到放松的目的。

【实例 5.1】变装游戏

实例说明：本例将制作一个简单的变装游戏。单击开始按钮，进入游戏界面，如图 5-1 所示。使用鼠标拖放右边的衣物或首饰到模特身上，可以给模特变换服装。音乐按钮可以控制背景音乐的播放和停止，如图 5-2 所示。

图 5-1　开始界面

图 5-2　游戏界面

操作步骤：

1．素材准备

声音素材：

实例中要用到的声音素材有"背景音乐"、"按钮"声音。在选取的时候要符合游戏的特点，该游戏的特点是时尚、休闲，可以选用比较欢快、俏皮的音乐。

元件素材：

步骤 1：新建一个影片剪辑元件，命名为"底图"。在元件中绘制背景和边框，如图 5-3 所示。

图 5-3　背景制作

步骤 2：新建一个图形元件，命名为"模特"。在元件中绘制模特的各个部分。最后绘制头发，使模特看起来更美观，如图 5-4 所示。

图 5-4　模特元件制作

步骤 3：新建一个影片剪辑元件，命令为"yf_1"。在元件中绘制第一件衣服，如图 5-5 所示。

图 5-5　衣服元件制作

提示　为了命名的方便，把连衣裙也命名为衣服。

步骤4：继续绘制其他衣服，分别把绘制出的衣服命名为"yf_2"、"yf_3"和"yf_4"的影片剪辑元件，如图5-6所示。

图 5-6　衣服元件制作

步骤5：新建两个影片剪辑元件，命名为"kz_1"和"kz_2"，分别在元件中绘制短裤和短裙，如图5-7所示。

图 5-7　裤子元件制作

 提示　衣服和裤子都要根据模特的身形和大小来绘制。

步骤6：新建三个影片剪辑元件，命名为"tf_1"、"tf_2"和"tf_3"，分别在元件中绘制不同类型的头发，如图5-8所示。

图 5-8　头发元件制作

提示 头发要根据模特的头形和大小来绘制。

步骤 7：新建三个影片剪辑元件，命令为"xl_1"、"xl_2"和"xl_3"，分别在元件中绘制不同类型的项链，如图 5-9 所示。

图 5-9 项链元件制作

 提示 项链的绘制要根据衣服的颜色和款式搭配，要符合模特的身形和站姿。

步骤 8：新建两个影片剪辑元件，命名为"eh_1"和"eh_2"，分别在元件中绘制不同类型的耳环，如图 5-10 所示。

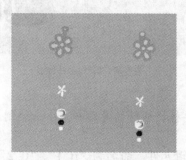

图 5-10 耳环元件制作

步骤 9：新建三个影片剪辑元件，命名为"sl_1"、"sl_2"和"sl_3"，分别在元件中绘制不同类型的手链，如图 5-11 所示。

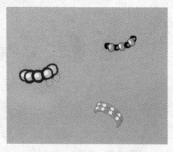

图 5-11 手链元件制作

提示 手链的绘制要根据模特手的大小和姿势，可以分别绘制左右手的手链。

步骤 10：新建一个按钮元件，命名为"按钮"。在按钮元件的"弹起"帧输入文字"play"，并在其他 3 帧插入关键帧。选中"指针经过"帧，将文字放大到原来的 120%，并将素材文件夹中的声音文件导入到库中，选择"按钮声音.wav"拖放到"指针经过"帧的舞台，如图 5-12 所示。

图 5-12　按钮元件制作

步骤 11：新建一个按钮元件，命名为"按钮 1"。在按钮元件的"弹起"帧绘制按钮图形，如图 5-13 所示。

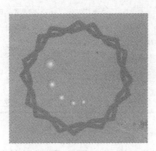

图 5-13　音乐按钮制作

步骤 12：在图层 1 上插入一个新图层，输入文字"music"，如图 5-14 所示。

图 5-14　插入图层

步骤 13：在两个图层的"指针经过"、"按下"、"点击"帧插入关键帧，并将"指针经过"帧的文字大小放大 120%，如图 5-15 所示。

图 5-15　按钮动画制作

2. 程序实现

步骤 1：新建 Flash 文档，并设置尺寸为 1024px×768px，帧频为 30fps，如图 5-16 所示。

图 5-16　设置文档属性

步骤 2：修改图层名为"背景"，将"底图"图形元件拖放到"背景"层的第 1 帧。制作一个比底图颜色较深的矩形框，并输入游戏玩法和规则，如图 5-17 所示。

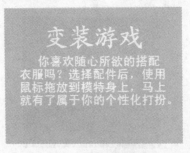

图 5-17　游戏规则

步骤 3：将库中的"按钮"元件拖放到"背景"层的第 1 帧。选用库中的模特和一套衣服，将其拖放到"背景"层的第 1 帧，组成游戏开始界面，如图 5-18 所示。

图 5-18　游戏开始界面

步骤 4：单击"插入图层"按钮，新建一个名为"底图"的图层。在第 2 帧插入空白关键帧，将库中的"底图"图形元件拖放到第 2 帧，如图 5-19 所示。

图 5-19　游戏背景

步骤 5：单击"插入图层"按钮，新建一个名为"模特儿"的图层。在第 2 帧插入空白关键帧，将库中的"模特"图形元件拖放到第 2 帧，如图 5-20 所示。

步骤 6：单击"插入图层"按钮，新建一个名为"配件"的图层。在第 2 帧插入空白关键帧，将库中的各种衣服和配饰等拖放到第 2 帧，并调整好位置和元件的排列，如图 5-21 所示。

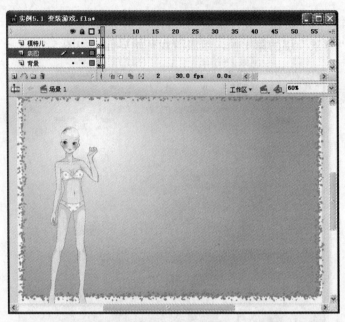

图 5-20　模特图层

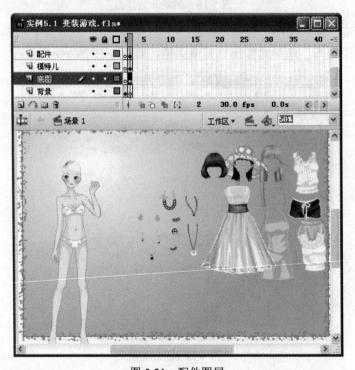

图 5-21　配件图层

提示　要特别注意各个元件的排列调整，比如项链应该在衣服的上层，如图 5-22 所示，可以选中衣服元件并右击，选择"排列"菜单中的"移至底层"命令调整元件的排列。

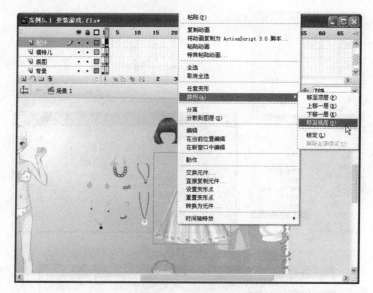

图 5-22　排列元件

　　步骤 7：单击"插入图层"按钮，新建一个名为"按钮"的图层。在第 2 帧插入空白关键帧，将库中的"按钮 1"元件拖放到第 2 帧，并调整好位置，如图 5-23 所示。

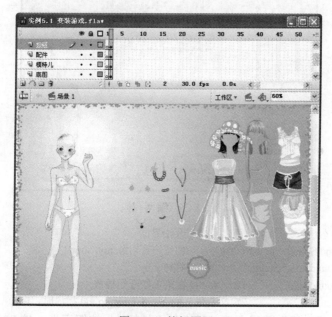

图 5-23　按钮图层

下面来制作背景音乐的附加。

　　步骤 8：右击库中的"背景音乐.mp3"声音元件，选择快捷菜单中的"链接"命令，弹出"链接属性"对话框，选择"为 ActionScript 导出"，将"标识符"设置为"yiny"，如图 5-24 所示。

　　步骤 9：单击"插入图层"按钮，新建一个名为"as"的图层。在第 1 帧输入代码，如图 5-25 所示。

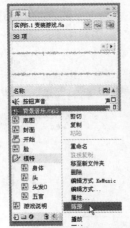 

图 5-24　链接属性

图 5-25　编写代码

```
stop();                              //播放到第 1 帧停止，播放开始界面
var my_sound:Sound = new Sound();    //创建声音对象 my_sound
    my_sound.attachSound("yiny");    //附加 yiny
    my_sound.start();                // my_sound 在第 1 帧开始播放
var i=0;                             //定义变量 i 并赋值 0（my_sound 播放时，i=0）
```

步骤 10：选中"按钮"图层中第 2 帧上的"按钮 1"按钮元件，按 F9 键弹出"动作"面板，为按钮添加代码，如图 5-26 所示。

```
on (release) {                       //单击按钮时
    if (i= =0){                      //i=0 时  （my_sound 正在播放时）
        my_sound.stop();             // my_sound 停止
        i=1;                         // i=1（my_sound 停止时）
    }else{                           //i=1 时
        my_sound.start();            // my_sound 播放
```

```
    i=0;                              //i=0
  }
}
```

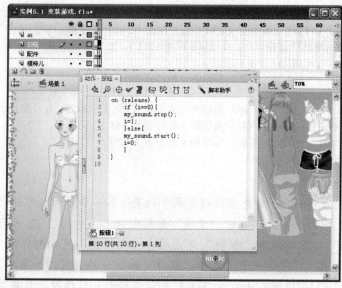

图 5-26　按钮代码书写

 提示　代码控制按钮反复单击时，音乐在停止和播放两者间交替。

　　下面来实现拖动衣物时，将给模特穿戴。

　　步骤 11：选中"配件"图层中第 2 帧上的"tf_1"影片剪辑元件，按 F9 键弹出"动作"面板为影片剪辑添加代码，如图 5-27 所示。

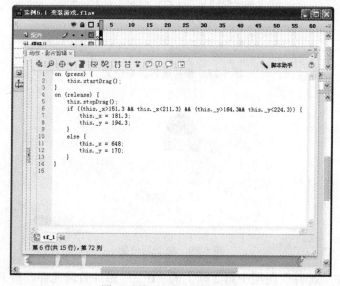

图 5-27　tf_1 影片剪辑代码

```
on (press) {                    //鼠标点击时
    this.startDrag();           //允许用户拖动影片剪辑 "tf_1"
}
on (release) {                  //鼠标点击松开时
    this.stopDrag();            //停止正在被拖动的影片剪辑 "tf_1"
    if ((this._x>151.3 && this._x<211.3) && (this._y>164.3&& this._y<224.3)) {
    //影片剪辑的位置在（151.3，164.3）与（211.3，224.3）之间时
        this._x = 181.3;        //
        this._y = 194.3;        //影片剪辑的 y 轴位置为 194.3
    }
    else {                      //影片剪辑的位置不在（151.3，164.3）与（211.3，224.3）之间时
        this._x = 648;          //影片剪辑的 x 轴位置为 648
        this._y = 170;          //影片剪辑的 y 轴位置为 170
    }
}
```

提示

在输入代码前，首先应该确定两个位置：第一个是影片剪辑 "tf_1" 在图层 "配件" 中的位置。可以在 "属性" 面板中查看，如图 5-28 所示；第二个位置是 "tf_1" 在拖放到 "模特" 身上后应处的位置。可以暂时将 "tf_1" 影片剪辑元件拖放到模特附近，查看 "属性" 面板中的位置，如图 5-29 所示。

this._x>151.3 && this._x<211.3 表示拖动影片剪辑时，只要影片剪辑的 x 位置在正确位置的左边 30 像素和右边 30 像素之间的任何值，都可停放在正确位置（181.3=151.3+30；181.3=211.3+（-30））。同理设置 y 坐标位置。

图 5-28　影片剪辑原来位置

图 5-29　拖动后位置

步骤 12：选中 "配件" 图层中第 2 帧上的 "tf_2" 影片剪辑元件，按 F9 键弹出 "动作" 面板为影片剪辑添加代码，如图 5-30 所示。

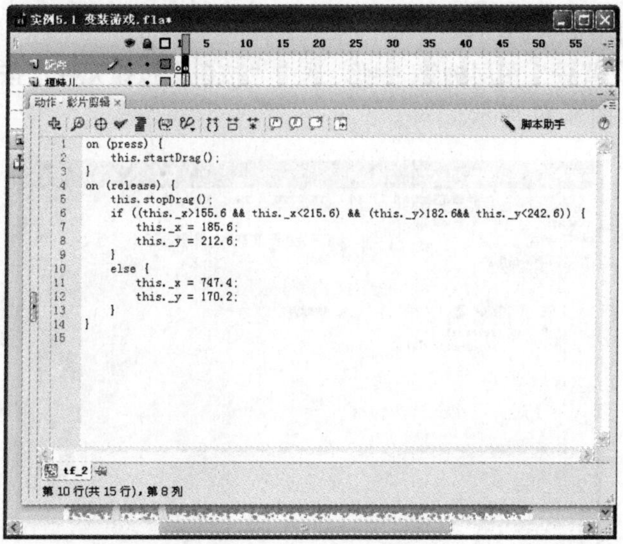

图 5-30　tf_2 影片剪辑代码

```
on (press) {
    this.startDrag();
}
on (release) {
    this.stopDrag();
    if ((this._x>155.6 && this._x<215.6) && (this._y>182.6&& this._y<242.6)) {
        this._x = 185.6;
        this._y = 212.6;
    }
    else {
        this._x = 747.4;
        this._y = 170.2;
    }
}
```

步骤 13：按类似的方法，将所有头发、衣服、裤子和配饰影片剪辑元件添加代码，如图 5-31 所示。

图 5-31　其他影片剪辑代码

下面为开始按钮添加代码：

步骤 14：选择"背景"图层的第 1 帧，选中"按钮"按钮元件，按 F9 键弹出"动作"面板并输入代码，如图 5-32 所示。

图 5-32　按钮代码

```
on (release) {
        gotoAndStop(2);          //跳转到第 2 帧并停止
}
```

步骤 15：按组合键 Ctrl+Enter 预览效果，如图 5-33 所示。

图 5-33　预览效果

5.2.2　接礼物游戏

通过键盘控制接住下落的礼物，是 Flash 游戏中经常出现的。这种类型的游戏适合儿童，配上动听的音乐，小朋友可以乐在其中，享受游戏带来的乐趣。

【实例 5.2】接礼物游戏

实例说明：本例将制作一个简单的接礼物游戏。单击开始按钮，进入游戏界面，如图 5-34 所示。使用键盘的方向键控制圣诞老人的雪橇，如果正好接住了正在下落的圣诞礼物，就可以得分，在游戏界面玩家可以看到接到和丢失的礼物个数，并有倒计时显示，如图 5-35 所示。到规定的时间后停止，再统计出得分和重玩按钮，如图 5-36 所示。背景音乐使用了圣诞歌曲音乐。

图 5-34　开始界面

图 5-35　游戏界面

图 5-36　游戏结束界面

操作步骤：

1. 素材准备

声音素材：

实例中要用到的声音素材有"背景音乐"。我们在选取的时候抓住圣诞老人接礼物的游戏情节，选用圣诞歌曲音乐。

元件素材：

步骤 1：新建一个影片剪辑元件，命名为"背景"。在元件中绘制背景图片，如图 5-37 所示。

图 5-37　背景影片剪辑制作

> **提示**　背景图片可以在 Flash 中直接绘制，也可以选择在网上下载自己喜欢的图片作为背景。

步骤 2：新建一个影片剪辑元件，命名为"雪橇"。在元件中绘制圣诞老人、雪橇和雪橇上的礼物，如图 5-38 所示。

图 5-38　雪橇制作

步骤 3：新建一个影片剪辑元件，命名为"鹿车"。双击进入元件编辑模式，插入一个新的图层"图层 2"。在"图层 1"的第 1 帧将库中的"雪橇"影片剪辑元件拖放到舞台。在"图层 2"的第 1 帧绘制麋鹿的跑动的第 1 帧动作，如图 5-39 所示。

图 5-39　鹿车影片剪辑制作

步骤 4：在"图层 1"的第 5 帧插入关键帧。将麋鹿和"雪橇"旋转，再延长到第 8 帧，形成鹿车跑动的动画，如图 5-40 所示。

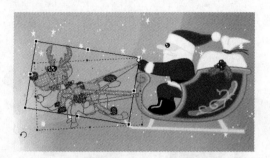

图 5-40　鹿车动画

 提示　　麋鹿和雪橇组合起来，形成"鹿车"影片剪辑元件，如图 5-41 所示。

图 5-41　新建文件

步骤 5：新建一个影片剪辑元件，命名为"彩圈"。在元件中绘制礼物图形，如图 5-42 所示。

图 5-42　彩圈影片剪辑制作

步骤 6：新建两个影片剪辑元件，命令为"礼物盒"和"魔杖"，分别在元件中绘制礼物图形，如图 5-43 所示。

图 5-43   礼物盒和魔杖影片剪辑制作

步骤 7：新建一个影片剪辑元件，命名为"地面"。在元件中绘制雪地，如图 5-44 所示。

图 5-44   地面影片剪辑制作

 提示   雪地不和背景一起绘制，而是单独转换为影片剪辑，在程序中要判断下落的礼物是否与地面相碰撞，从而计算丢失的礼物个数。

步骤 8：新建一个按钮元件，命名为"按钮"。在按钮元件的"弹起"帧输入文字"go"。选中文字"go"，按 F8 键将其转换为影片剪辑元件，命名为"go"。双击进入"go"影片剪辑元件编辑模式，在第 3 帧插入关键帧，将文字颜色修改为深蓝色。延长到第 4 帧，形成了文字颜色闪耀的效果，如图 5-45 所示。

图 5-45   go 按钮制作

步骤 9：单击"按钮"按钮，回到"按钮"元件编辑模式。分别在"指针经过"、"按下"和"点击"帧插入关键帧，并在"点击"关键帧绘制一个矩形，规定按钮响应区域，如图 5-46 所示。

图 5-46　按钮动画制作

 响应区域的矩形颜色没有要求，可以任意选择。

步骤 10：新建一个按钮元件，命名为"按钮 1"。在按钮元件的"弹起"帧绘制圆角矩形，并输入文字"replay"。选择库中的"礼物盒"影片剪辑，拖放到合适位置，如图 5-47 所示。

图 5-47　replay 按钮制作

步骤 11：在"指针经过"、"按下"、"点击"帧插入关键帧，并将"指针经过"帧的文字大小放大 120%，如图 5-48 所示。

2．程序实现

步骤 1：新建 Flash 文档，并设置尺寸为 550px×400px，帧频为 12fps，如图 5-49 所示。修改"图层 1"名称为"背景"，将"背景"图形元件拖放到舞台，并延长到第 3 帧。

图 5-48　replay 按钮动画制作

图 5-49　设置文档属性

步骤 2：单击 "插入图层" 按钮，新建名为 "鹿车" 的图层。在第 2 帧插入空白关键帧，将库中的 "鹿车" 影片剪辑元件拖放到第 2 帧，并在 "属性" 面板中设置实例名称为 "lc_mc"，如图 5-50 所示。

图 5-50　影片剪辑实例名称

步骤3：单击"插入图层"按钮，新建名为"地面"的图层。在第2帧插入空白关键帧，将库中的"地面"影片剪辑元件拖放到第2帧，并在"属性"面板中设置实例名称为"dm_mc"，如图5-51所示。

图 5-51　影片剪辑实例名称

步骤 4：单击"插入图层"按钮，新建名为"游戏信息"的图层。在第 1 帧中绘制一个圆角矩形，并输入游戏规则，将库中的"礼物盒"图形元件拖放到舞台，也将库中的"按钮"按钮元件拖放到舞台，如图5-52所示。

图 5-52　游戏开始界面

步骤 5：在"游戏信息"图层的第 2 帧处插入空白关键帧，创建静态文本并分别输入"score"、"lost"和"time"文本，如图 5-53 所示。

图 5-53　文本输入

步骤 6：在"游戏信息"图层的第 2 帧，在舞台上再放置 3 个动态文本框，并分别在"属性"面板设置变量名为"iGet"、"iLost"和"iTime"文本，如图 5-54 所示。

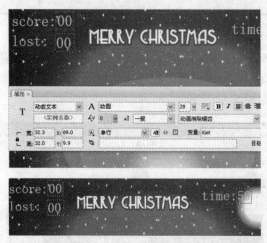

图 5-54　静态文本和变量名

要特别注意创建的 3 个动态文本框必须设置"变量"名称，这些名称将在后面的程序中引用。

步骤 7：在"游戏信息"图层的第 3 帧处按 F7 键插入空白关键帧，用于放置游戏结束时的画面和"按钮 1"按钮，如图 5-55 所示。

得分框中的两个动态文本框，也要设置"变量"名称，分别为"iGet"和"iLost"。

步骤 8：单击"插入图层"按钮，新建名为"背景音乐"的图层。选中第 1 帧，将导入到库中的"背景音乐"元件拖放到第 1 帧的舞台，如图 5-56 所示。

图 5-55　游戏结束帧

图 5-56　背景音乐层

步骤 9：在"属性"面板中设置"背景音乐"，"同步"：事件，循环，如图 5-57 所示。

图 5-57　声音属性

 提示　将同步设置为"事件"和"循环"可以使音乐在游戏中重复播放。

下面为按钮和帧添加代码。

步骤 10：选中"游戏信息"图层中第 1 帧上的"按钮"按钮元件，按 F9 键弹出"动作"面板为按钮添加代码，如图 5-58 所示。

图 5-58　按钮代码

```
on(release){
    nextFrame();      //转到下一帧
}
```

 提示　单击按钮时跳转到下一帧（即第 2 帧）。

步骤 11：选中"游戏信息"图层中第 3 帧上的"按钮 1"按钮元件，按 F9 键弹出"动作"面板为按钮添加代码，如图 5-59 所示。

图 5-59　按钮代码

```
on (release) {
        loadMovieNum("实例 5.2 接礼物.swf", 0);    //重新加载一次动画
}
```

步骤 12：单击"插入图层"按钮，插入名为"as"的图层。选中第 1 帧，按 F9 键弹出"动作"面板为第 1 帧输入代码，如图 5-60 所示。

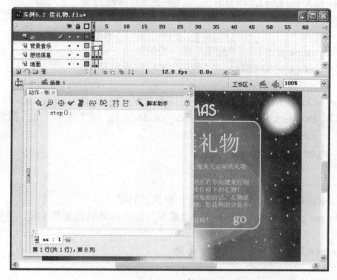

图 5-60　第 1 帧代码

```
stop();       //停止
```

步骤 13：在"as"图层第 2 帧按 F7 键插入空白关键帧。选中第 2 帧，按 F9 键弹出"动作"面板为第 2 帧输入代码，如图 5-61 所示。

图 5-61　第 2 帧代码

```
SPEED = 5;       //初始化 SPEED 的值
iGet = 0;        //初始化 iGet 的值
```

```
iLost = 0;          //初始化 iLost 的值
iTime = 50;         //初始化 iTime 的值
/**控制鹿车方向 **/
LSN_Key = new Object();  //创建一个侦听对象
LSN_Key.onKeyDown = function() {    //按下键盘上的键时
    if (Key.isDown(Key.LEFT)) {     //按下左方向键
        lc_mc._xscale = Math.abs(lc_mc._xscale);  //鹿车方向。"lc_mc"是影片剪辑"鹿车"
                                                  //的实例名称。

        lc_mc.play();    //"鹿车"影片剪辑播放
        lc_mc._x -= SPEED;  //"鹿车"X轴位置位移
    }
    if (Key.isDown(Key.RIGHT)) {    //按下右方向键
        lc_mc._xscale = Math.abs(lc_mc._xscale)*(-1);  //"鹿车"影片剪辑变方向
        lc_mc.play();
        lc_mc._x += SPEED;
    }
};
LSN_Key.onKeyUp = function() {    //松开键盘上的键
    this.lc_mc.gotoAndStop(1);    //"鹿车"影片剪辑跳转到第1帧，并停止播放
};
Key.addListener(LSN_Key);  //注册侦听器
/**  **/
//反复执行下面这些 Action
_root.onEnterFrame = function() {
    var rnd = random(1000);  //产生随机数
    if (rnd%30 == 0) {       //产生的数能被60整除
        attachMovie("mz_mc", "mz"+rnd, rnd);  //影片剪辑"魔杖"下落
        eval("mz"+rnd)._x = random(550);  //影片剪辑"魔杖"的X轴坐标位置
    }else if(rnd%40==0){     //产生的数能被40整除
        attachMovie("cq_mc", "cq"+rnd, rnd);  //影片剪辑"彩圈"下落
        eval("cq"+rnd)._x = random(550);  //影片剪辑"彩圈"的X轴坐标位置
    }else if(rnd%50==0){     //产生的数能被50整除
        attachMovie("lwh_mc", "lwh"+rnd, rnd);  //影片剪辑"礼品盒"下落
        eval("lwh"+rnd)._x = random(550);  //影片剪辑"礼品盒"的X轴坐标位置
    }
};
/* 时间到时执行的函数*/
function TimeOut() {    //定义时间到的函数 TimeOut
    delete _root.onEnterFrame;  //清除所有正在下落的礼物
    for (var i = 0; i<=1000; i++) {
        eval("mz"+i).unloadMovie();
        eval("cq"+i).unloadMovie();
        eval("lwh"+i).unloadMovie();
    }
}
/* 计时器*/
setInterval(function() {
    if (iTime>1) {
```

```
            iTime--;        // iTime 减 1
        } else {        //如果时间到了
            TimeOut();      //调用函数 TimeOut
            gotoAndStop("Over");   //跳转到第 3 帧
        }
    }, 1000);    //每 1 秒调用一次函数
```

步骤 14：选中"as"的第 3 帧，在"属性"面板中将标签设置为"Over"，如图 5-62 所示。

图 5-62　帧标签设置

步骤 15：在库中选中"彩圈"影片剪辑元件并右击，选择快捷菜单中的"链接"命令，在弹出的"链接属性"对话框中选择"为 ActionScript 导出"，将标识符设置为"cq_mc"，如图 5-63 所示。

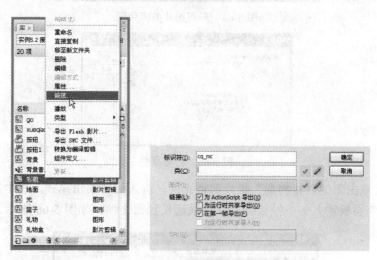

图 5-63　链接属性

步骤 16：双击库中"彩圈"影片剪辑元件，进入元件编辑模式。选中第 1 帧，按 F9 键弹出"动作"面板，输入如下帧代码，并将帧延长到第 2 帧，如图 5-64 所示。

```
this._y += 8;        // "彩圈"影片剪辑向下移动 8 像素
if (this.hitTest(_root.lc_mc.xq_mc)) {   //如果"彩圈"影片剪辑与"雪橇"影片剪辑相碰撞
    _root.iGet++;    // iGet 增加 1，得分增加 1
    this.unloadMovie();   // "彩圈"影片剪辑消失
}
if (this.hitTest(_root.dm_mc)) {   // 如果"彩圈"影片剪辑与"地面"影片剪辑相碰撞
    _root.iLost++;   // iLost 增加 1，丢失增加 1
    this.unloadMovie();   // "彩圈"影片剪辑消失
}
```

步骤 17：在库中选中"礼物盒"影片剪辑元件并右击，选择快捷菜单中的"链接"命令，

在弹出的"链接属性"对话框中选择"为 ActionScript 导出",将标识符设置为"lwh_mc",如图 5-65 所示。

图 5-64　彩圈影片剪辑代码

图 5-65　链接属性

步骤 18:双击库中"礼物盒"影片剪辑元件,进入元件编辑模式。选中第 1 帧,按 F9 键弹出"动作"面板输入如下帧代码,并将帧延长到第 2 帧,如图 5-66 所示。

图 5-66　礼物盒影片剪辑代码

this._y += 20;   // "礼物盒"影片剪辑向下移动 20 像素（礼物盒的下落速度将比彩圈的
                        //下落速度快）
if (this.hitTest(_root.lc_mc.xq_mc)) {   //如果"礼物盒"影片剪辑与"雪橇"影片剪辑相碰撞
    _root.iGet+=3;;   // iGet 增加 3（接到礼物盒的得分将比接到彩圈的得分高）
    this.unloadMovie();   // "礼物盒"影片剪辑消失
}
if (this.hitTest(_root.dm_mc)) {   如果"礼物盒"影片剪辑与"地面"影片剪辑相碰撞
    _root.iLost++;   // iLost 增加 1,丢失增加 1
    this.unloadMovie();   // "礼物盒"影片剪辑消失
}

步骤 19：在库中选中"魔杖"影片剪辑元件并右击，选择快捷菜单中的"链接"命令，在弹出的"链接属性"对话框中选择"为 ActionScript 导出"，将标识符设置为"mz_mc"，如图 5-67 所示。

图 5-67　属性链接

步骤 20：双击库中"魔杖"影片剪辑元件，进入元件编辑模式。选中第 1 帧，按 F9 键弹出"动作"面板，输入如下帧代码，并将帧延长到第 2 帧，如图 5-68 所示。

图 5-68　魔杖影片剪辑代码

this._y += 16;   // "魔杖"影片剪辑向下移动 16 像素
if (this.hitTest(_root.lc_mc.xq_mc)) {   //如果"魔杖"影片剪辑与"雪橇"影片剪辑相碰撞
    _root.iGet+=2;   // iGet 增加 2，得分增加 2
    this.unloadMovie();   // "魔杖"影片剪辑消失
}

```
if (this.hitTest(_root.dm_mc)) {    如果"魔杖"影片剪辑与"地面"影片剪辑相碰撞
    _root.iLost++;   // iLost 增加 1，丢失增加 1
    this.unloadMovie();   // "魔杖"影片剪辑消失
}
```

步骤 21：按组合键 Ctrl+Enter 预览效果，如图 5-69 所示。

图 5-69　预览效果

5.2.3　找茬游戏

找茬游戏是适合各年龄阶段的休闲娱乐游戏。找茬游戏可以锻炼观察能力，是很好的益智小游戏。使用鼠标单击两幅图中的不同之处，来达到完成游戏任务的目的。找茬游戏一般画面亮丽、可爱，背景音乐也十分轻松，是现代工作紧张的上班族休闲游戏的好选择，也可以锻炼儿童的观察和分辨能力。

【实例 5.3】找茬游戏

实例说明：本例将制作一个简单的找茬游戏。单击开始按钮可以进入游戏，如图 5-70 所示。游戏一共设置了 3 关，也就是有三幅图可供大家游戏，找出不同处。每一幅图中都有 5 处不同，如果玩家找到了左右两幅图之间的不同点，只需单击右图中的不同点。如果在规定的时间内找出了 5 处错误，就会给出胜利的动画；如果在规定的时间内未能找到 5 处不同或者单击右图时错误次数达到 4 次，就会给出失败的动画。游戏中，可以单击"下关"和"上关"任意选择要玩的关次；失败后也可以选择"重玩"，如图 5-71 所示。

图 5-70　开始界面

图 5-71 游戏界面

操作步骤：

1. 素材准备

声音素材：

实例中要用到的声音素材有找到了不同处时"正确"的声音；找错时"错误"的声音；时间只剩下 10 秒后"倒计时"的声音；某一关通过后"成功"的声音；过关失败后"失败"的声音。

元件素材：

步骤 1：新建影片剪辑元件，命名为"背景"。在元件中绘制背景图片，如图 5-72 所示。

图 5-72 背景制作

 提示 背景图片可以在 Flash 中直接绘制，也可以选择在网上下载自己喜欢的图片作为背景。

步骤 2：新建图形元件，命名为"游戏规则"。在元件中绘制一个圆角矩形，并输入游戏规则，如图 5-73 所示。

步骤 3：新建影片剪辑元件，命名为"放大镜"。双击进入元件编辑模式，在第 1 帧绘制一个放大镜，并将其转换为名为"放大"的图形元件，如图 5-74 所示。

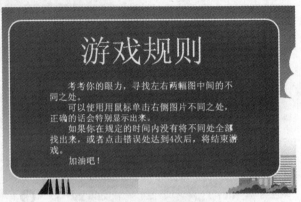

图 5-73　游戏规则制作

图 5-74　放大镜制作

步骤 4：在"图层 1"的第 20 帧和第 50 帧按 F6 键插入关键帧。将第 20 帧的放大镜向右移动，并在 3 个关键帧之间创建补间动画，形成放大镜左右移动的动画，如图 5-75 所示。

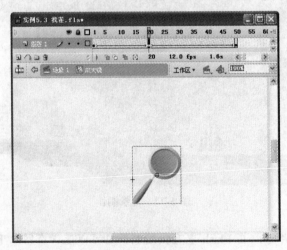

图 5-75　补间动画

步骤 5：新建影片剪辑元件，命名为"左图 1"。在元件中绘制第一张图片，如图 5-76 所示。

提示　　图片可以自己绘制，也可以在网上下载合适的图片，再转化为影片剪辑。

图 5-76 左图 1 影片剪辑制作

步骤 6：在库中选中"左图 1"影片剪辑元件并右击，选择快捷菜单中的"直接复制"命令，在弹出的"直接复制元件"对话框中将元件名更改为"右图 1"。双击"右图 1"影片剪辑元件，进入元件编辑模式，更改"右图 1"使得它与"左图 1"存在 5 处不同，如图 5-77 所示。

图 5-77 右图 1 影片剪辑制作

步骤 7：新建影片剪辑元件，命名为"左图 2"。在元件中绘制第一张图片，如图 5-78 所示。

步骤 8：在库中选中"左图 2"影片剪辑元件并右击，选择快捷菜单中的"直接复制"命令，在弹出的"直接复制元件"对话框中将元件名更改为"右图 2"。双击"右图 2"影片剪辑元件，进入元件编辑模式，更改"右图 2"使得它与"左图 2"存在 5 处不同，如图 5-79 所示。

步骤 9：新建影片剪辑元件，命名为"左图 3"。在元件中绘制第一张图片，如图 5-80 所示。

图 5-78　左图 2 影片剪辑制作

图 5-79　右图 2 影片剪辑制作

图 5-80　左图 3 影片剪辑制作

步骤 10：在库中选中"左图 3"影片剪辑元件并右击，选择快捷菜单中的"直接复制"命令，在弹出的"直接复制元件"对话框中将元件名更改为"右图 3"。双击"右图 3"影片剪辑元件，进入元件编辑模式，更改"右图 3"使得它与"左图 3"存在 5 处不同，如图 5-81 所示。

图 5-81　右图 3 影片剪辑制作

步骤 11：正确计数。新建影片剪辑元件，命名为"正确计数"。用来制作单击正确一处错误，计一次数的动画，如图 5-82 所示。

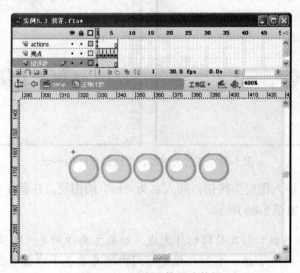

图 5-82　正确计数影片剪辑

步骤 12：将"图层 1"更名为"错误数"，并在第 1 帧中绘制 1 个黄色小球，再复制 4 个，将帧延长到第 6 帧，如图 5-83 所示。

步骤 13：单击"插入图层"按钮，插入名为"亮点"的图层。在第 2 帧按 F7 键插入空白关键帧，并在第 2 帧绘制一个红色小球，如图 5-84 所示。

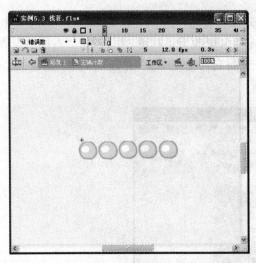

图 5-83　黄色小球绘制

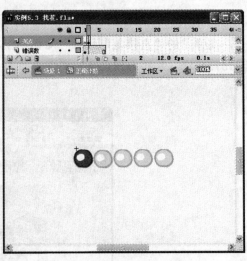

图 5-84　红色小球绘制

步骤 14：在第 3 帧按 F6 键插入关键帧，再绘制一个红色小球。以此类推，每增加一帧，多增加一个红色小球，直到绘制到第 6 帧，如图 5-85 所示。

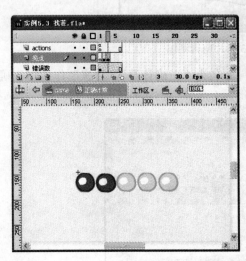

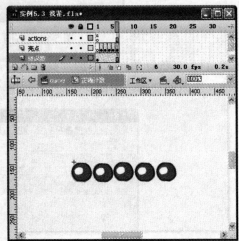

图 5-85　插入关键帧，继续绘制红色小球

步骤 15：单击"插入图层"按钮，插入名为"as"的图层。在第 1 帧处按 F9 键弹出"动作"面板输入代码，如图 5-86 所示。

　提示　"正确计数"影片剪辑制作完成。动画主要作用是：玩家每单击正确一次，增加一个红色小球，直到在规定时间内所有黄色小球变成红色小球，过关成功。

　　　stop();　//停止播放

步骤 16：错误计数。新建影片剪辑元件，命名为"错误计数"。用来制作单击错误一次，计一次数的动画，如图 5-87 所示。

步骤 17：在"图层 1"的第 1 帧中绘制 1 个蓝色椭圆，再复制 3 个，并将帧延长到第 5 帧，如图 5-88 所示。

图 5-86 as 图层代码

图 5-87 错误计数影片剪辑

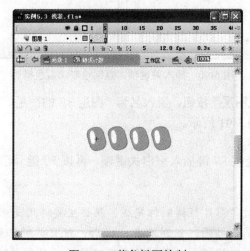

图 5-88 蓝色椭圆绘制

步骤 18：单击"插入图层"按钮，插入一个名为"图层 2"的图层。在第 2 帧处按 F7 键插入空白关键帧。在第 2 帧中绘制一个深蓝色椭圆，如图 5-89 所示。

图 5-89　深蓝色椭圆绘制

步骤 19：在第 3 帧处按 F6 键，插入关键帧，并再绘制一个深蓝色椭圆。以此类推，每增加一帧，多增加一个深蓝色椭圆，直到绘制到第 5 帧，如图 5-90 所示。

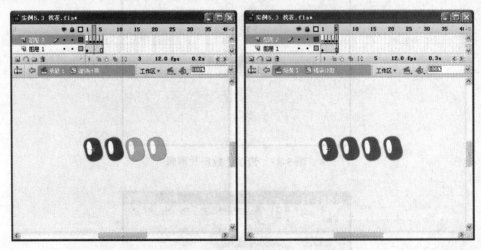

图 5-90　插入关键帧，继续绘制深蓝色椭圆

步骤 20：单击"插入图层"按钮，插入名为"图层 3"的图层。在第 1 帧按 F9 键弹出"动作"面板输入代码，如图 5-91 所示。

　　stop();　//停止播放

步骤 21：在第 5 帧处按 F7 键插入空白关键帧，再按 F9 键弹出"动作"面板，输入代码，如图 5-92 所示。

提示

"错误计数"影片剪辑制作完成。动画主要作用是：玩家每单击错误一次，增加一个深蓝色椭圆，直到单击 4 次后，就直接跳转到"over"影片剪辑（over 将在后面的步骤讲到，即过关失败时要播放的影片剪辑的实例名称）。

图 5-91　代码书写

图 5-92　代码书写

　　_root.over.play();　　//播放到最后一帧时游戏结束

　　下面介绍成功动画影片剪辑的制作。

　　步骤 22： 新建影片剪辑元件，命名为"成功"。用来制作在规定时间内将 5 处错误都找出时播放的胜利动画，如图 5-93 所示。

　　步骤 23： 双击影片剪辑"成功"，进入元件编辑模式。将"图层 1"修改为"good"。在第 2 帧按 F7 键插入空白关键帧，并绘制"You win!"的文字，并将其转换为名为"good"的图形元件，如图 5-94 所示。

　　步骤 24： 分别在第 12 帧、14 帧、16 帧和 18 帧按 F6 键插入关键帧。修改第 2 帧图形元件的缩放比例为 30%；第 12 帧为 240%；第 14 帧为 115%；第 16 帧为 140%；第 18 帧为 140%。分别在第 2 帧、12 帧、14 帧和 16 帧之间创建补间动画，如图 5-95 所示。

图 5-93　过关成功影片剪辑

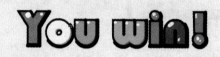

图 5-94　good 图层

图 5-95　插入关键帧，设置大小

步骤 25：选择第 2 帧与第 12 帧之间的任意一帧，在"属性"面板中设置"缓动"为"-100"，如图 5-96 所示。

图 5-96　缓动设置

 提示　形成了文字放大—缩小—还原的动画。

步骤 26：单击"插入图层"按钮，插入名为"声音"的图层。在第 2 帧按 F7 键插入空白关键帧。将导入到库中的"过关"声音元件拖放到第 2 帧的舞台，如图 5-97 所示。

图 5-97　声音插入

步骤 27：选中第 2 帧，在"属性"面板中设置声音属性。"同步"为"事件"；"重复"为"1 次"，如图 5-98 所示。

步骤 28：单击"插入图层"按钮，插入名为"as"的图层。在第 1 帧按 F9 键弹出"动作"面板输入代码，如图 5-99 所示。

　　stop();

步骤 29：在第 18 帧处按 F7 键插入空白关键帧，按 F9 键弹出"动作"面板，输入代码如图 5-100 所示。

图 5-98　声音属性设置

图 5-99　as 层和

图 5-100　代码书写

stop();

过关成功影片剪辑动画制作完成。下面介绍过关失败影片剪辑动画制作步骤。

步骤 30：新建影片剪辑元件，命名为"失败"。用来制作在规定时间内未将 5 处错误都找出或单击错误处达到 4 次时播放的失败动画，如图 5-101 所示。

图 5-101　过关失败影片剪辑

步骤 31：双击影片剪辑"失败"，进入元件编辑模式。将"图层 1"修改为"bad"，在第 1 帧中绘制"You lost!"的文字，并将其转换为名为"bad"的图形元件，如图 5-102 所示。

步骤 32：分别在第 12 帧和 18 帧按 F6 键插入关键帧。修改第 1 帧图形元件的缩放比例为 30%，Alpha 值为 0%；第 12 帧为 180%；第 18 帧为 130%。分别在第 1 帧、12 帧、18 帧之间创建补间动画，将帧延长到第 30 帧，如图 5-103 所示。

图 5-102　bad 图层　　　　　　　图 5-103　插入关键帧和设置大小

步骤 33：选择第 2 帧与第 12 帧之间的任意一帧，在"属性"面板中设置"缓动"为-100，如图 5-104 所示。

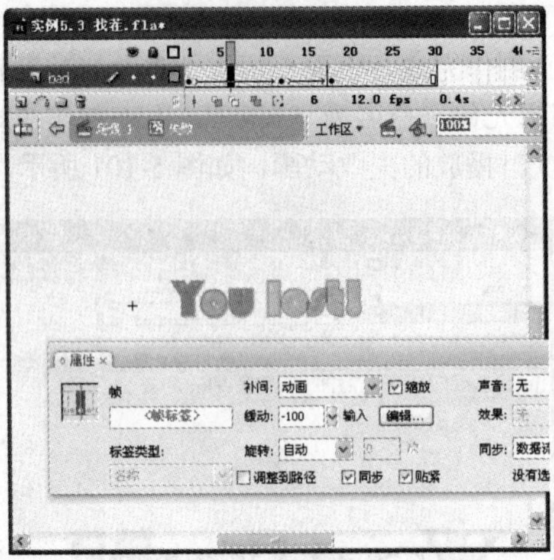

图 5-104　缓动设置

 提示　形成了文字清晰放大—缩小—放大的动画。

步骤 34：单击"插入图层"按钮，插入名为"声音"的图层。将导入到库中的"失败"声音元件拖放到第 1 帧的舞台，如图 5-105 所示。

图 5-105　声音插入

步骤 35：选中第 1 帧，在"属性"面板中设置声音属性，"同步"为"事件"；"重复"为"1 次"，如图 5-106 所示。

步骤 36：单击"插入图层"按钮，插入名为"as"的图层。在第 1 帧处按 F9 键弹出"动作"面板，输入代码，如图 5-107 所示。

```
stop();
```

步骤 37：在第 18 帧按 F7 键插入空白关键帧，再按 F9 键弹出"动作"面板，输入代码如图 5-108 所示。

```
stop();
```

图 5-106　声音属性

图 5-107　as 层代码

图 5-108　插入空白关键帧和代码书写

步骤 38：单击"插入图层"按钮，插入名为"重玩"的图层。在第 15 帧按 F7 键插入空白关键帧，并绘制一个按钮元件，进入按钮元件编辑模式，将"指针经过"、"按下"、"点击"帧都插入关键帧，并设置"指针经过"的比例为 120%，如图 5-109 所示。

图 5-109　重玩按钮

步骤 39：单击"失败"按钮，返回到"失败"影片剪辑编辑模式。在第 25 帧按 F6 键插入关键帧。修改第 15 帧的按钮元件 Alpha 值为 0%。在第 15 帧与 25 帧之间创建补间动画，如图 5-110 所示。

图 5-110　Alpha 值设置

失败影片剪辑动画制作完成，下面制作按钮。

步骤 40：新建按钮元件，命名为"start"。双击按钮进入元件编辑模式，在"弹起"帧输入蓝色文字"开始>>"，在"指针经过"、"按下"、"点击"帧插入关键帧，并将"指针经过"帧的文字修改为黄色，在"点击"帧绘制矩形，如图 5-111 所示。

图 5-111　开始按钮

步骤 41：新建按钮元件，命名为"下一关按钮"。双击按钮进入元件编辑模式，在"弹起"帧绘制黄色圆形，输入黑色文字"下关"，在"指针经过"、"按下"、"点击"帧插入关键帧，并将"指针经过"帧的内容放大到 120%，如图 5-112 所示。

图 5-112　下关按钮

步骤 42：按同样的方法制作"上一关按钮"按钮元件，如图 5-113 所示。

图 5-113　上关按钮

步骤 43：制作点击错误后画出错误处的影片剪辑动画。新建影片剪辑，命名为"画圈"，如图 5-114 所示。

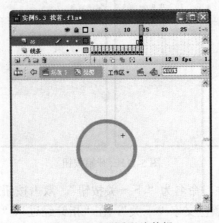

图 5-114　画圈影片剪辑

步骤 44：将"图层 1"修改为"线条"，在第 1 帧绘制画圆圈时的第一个动作，如图 5-115 所示。

图 5-115　画圈动画

步骤 45：在第 2 帧按 F6 键插入关键帧，继续绘制圆圈的第二个动作，以此类推，制作出画圆圈的逐帧动画，并在最后一帧填充浅蓝色，如图 5-116 所示。

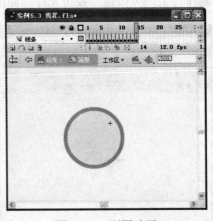

图 5-116　画圈动画

步骤 46：单击"插入图层"按钮，插入名为"as"的图层。在第 14 帧按 F7 键插入空白关键帧，再按 F9 键弹出"动作"面板，输入帧代码如图 5-117 所示。

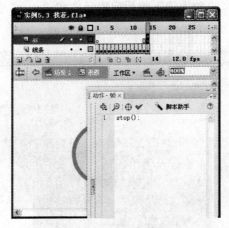

图 5-117　as 层和代码

　　stop();　　//停止

2. 程序实现

步骤 1：新建 Flash 文档，并设置尺寸为 550px×400px，帧频为 30fps，如图 5-118 所示。

图 5-118　设置文档属性

　　步骤 2：修改图层名为"背景"，将"背景"图形元件拖放到"背景"图层第 1 帧的舞台上，并调整好位置，延长到第 4 帧，如图 5-119 所示。

图 5-119　背景图层

步骤 3：单击"插入图层"按钮，新建名为"游戏规则"的图层。在第 1 帧的舞台上拖放入"游戏规则"图形元件、"放大镜"影片剪辑元件和"start"按钮，并在第 2 帧插入一个空白关键帧，如图 5-120 所示。

图 5-120　游戏规则图层

步骤 4：选中"start"按钮，按 F9 键弹出"动作"面板并输入按钮代码，如图 5-121 所示。

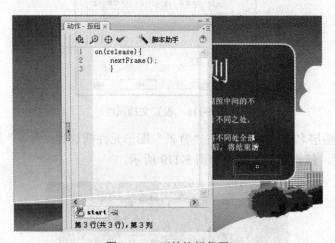

图 5-121　开始按钮代码

```
on(release){
    nextFrame();        //跳转到下一帧（即第 2 帧）
    }
```

步骤 5：单击"插入图层"按钮，新建名为"背景遮罩"的图层。在第 2 帧处按 F7 键插入空白关键帧。绘制一个覆盖整个舞台的矩形，调整矩形填充颜色，使背景看起来比较模糊。再绘制两个大小相同的小矩形，作为放置图片后的投影，如图 5-122 所示。

图 5-122　背景遮罩图层

步骤 6：单击"插入图层"按钮，新建名为"文字"的图层。在第 2 帧处按 F7 键插入空白关键帧。在第 2 帧舞台上方输入"第 1 关"，下方输入"剩余："和"错误："；在第 3 帧按 F6 键插入关键帧，修改舞台上方文字为"第 2 关"；第 4 帧则修改为"第 3 关"，如图 5-123 所示。

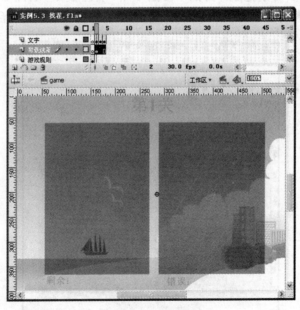

图 5-123　文字图层

步骤 7：单击"插入图层"按钮，新建名为"左图"的图层。在第 2 帧、3 帧和 4 帧按 F7 键插入空白关键帧，分别把制作好的"左图 1"、"左图 2"、"左图 3"影片剪辑元件拖放到 3 帧的舞台上并调整好位置。图 5-124 所示为将"左图 1"影片剪辑拖放到舞台。

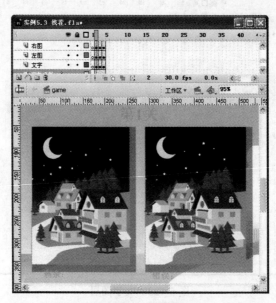

图 5-124　左图图层帧

　注意使用属性面板调整好 3 张图片的大小和位置，3 张图片分别放置在不同的 3 帧。

步骤 8：单击"插入图层"按钮，新建名为"右图"的图层。在第 2 帧、3 帧和 4 帧按 F7 键插入空白关键帧。分别把制作好的"右图 1"、"右图 2"、"右图 3"影片剪辑元件拖放到 3 帧的舞台上并调整好位置。图 5-125 所示为将"右图 1"拖放到舞台。

图 5-125　右图图层

步骤 9：分别选中"右图"图层中的 3 个影片剪辑，分别命名为"yout1"、"yout2"、"yout3"。图 5-126 所示为其中的"右图 1"影片剪辑的实例名设置。

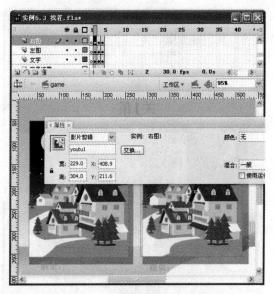

图 5-126　影片剪辑实例名称设置

 提示　右图是游戏中要单击的对象，玩家没有单击正确的位置，将对"单击错误"计数。在程序中将进行判断，是否单击了右图中不正确的位置。因此，右图的 3 个影片剪辑都要设置实例名称，而左图则不需要。

步骤 10：单击"插入图层"按钮，新建名为"计数"的图层。在第 2 帧按 F7 键插入空白关键帧。将制作好的"正确计数"和"错误计数"影片剪辑拖放到舞台，如图 5-127 所示。

图 5-127　计数图层

步骤 11：选中"正确计数"影片剪辑，在"属性"面板中设置实例名称为"diffpoint"，如图 5-128 所示。

图 5-128　正确计数影片剪辑实例名称

步骤 12：选中"错误计数"影片剪辑，在"属性"面板中设置实例名称为"wrong"，如图 5-129 所示。

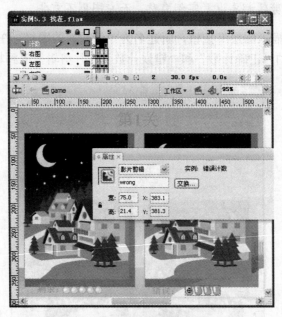

图 5-129　错误计数影片剪辑实例名称

步骤 13：新建按钮元件，命名为"隐形按钮"。双击进入按钮编辑模式，在"弹起"帧绘制一个黑色矩形，将帧内容拖放到"点击"帧，如图 5-130 所示。

 提示　该按钮在播放时是隐形的，因为除了"点击"帧外，其他帧都是空帧。

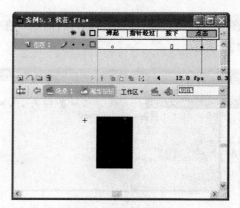

图 5-130　隐形按钮制作

步骤 14：新建影片剪辑元件，命名为"隐形按钮 MC"。双击进入元件编辑模式。将"隐形按钮"按钮元件拖放到第 1 帧的舞台，并在"属性"面板中设置实例名称为"bt"，如图 5-131所示。

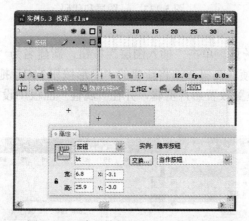

图 5-131　隐形按钮 MC 影片剪辑制作

步骤 15：在第 2 帧处按 F7 键插入空白关键帧。将制作好的"画圈"影片剪辑拖放到第 2帧的舞台，如图 5-132 所示。

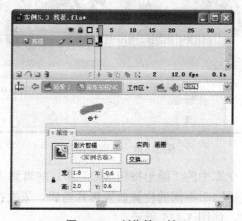

图 5-132　制作第 2 帧

步骤 16：单击"插入图层"按钮，插入名为"as"的图层。在第 1 帧按 F9，弹出"动作"面板添加帧代码，如图 5-133 所示。

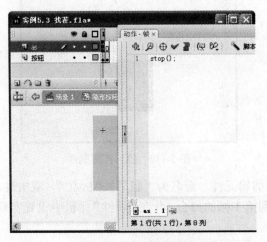

图 5-133　as 图层和代码

　　stop();　　//停止

步骤 17：返回到主场景。单击"插入图层"按钮，新建名为"不同处"的图层。在第 2 帧按 F7 键插入空白关键帧。在第 2 帧将新建的"隐形按钮 MC"拖放到舞台，并找准"右图 1"与"左图 1"不同的位置放置影片剪辑，并在"属性"面板中设置实例名称为"diff1"，如图 5-134 所示。

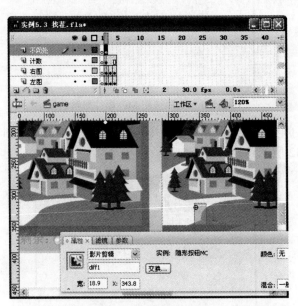

图 5-134　不同处图层

步骤 18：继续拖放 4 个库中的"隐形按钮 MC"影片剪辑到"不同处"图层的第 2 帧。分别对准"右图 1"与"左图 1"不同的位置放置影片剪辑。依次在"属性"面板中设置实例名称为"diff2"到"diff5"，如图 5-135 所示。

图 5-135　隐形按钮 MC 实例化

提示

5 个影片剪辑实例都要设置实例名称，将在后面的代码中引用。判断如果鼠标单击到这 5 个影片剪辑，就会播放"画圈"影片剪辑动画和"正确计数"影片剪辑动画。

步骤 19：在第 3 帧按 F7 键插入空白关键帧。按同样的方法将 5 个"隐形按钮 MC"影片剪辑实例化，并调整好位置。在"属性"面板中分别设置实例名称"diff6"到"diff10"，如图 5-136 所示。

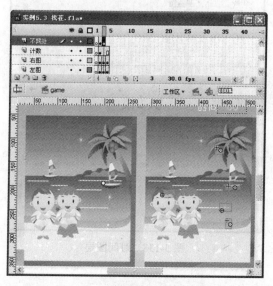

图 5-136　隐形按钮 MC 实例化

步骤 20：在第 4 帧按 F7 键插入空白关键帧。按同样的方法将 5 个"隐形按钮 MC"影片剪辑实例化并调整好位置，在"属性"面板中分别设置实例名称"diff11"到"diff15"，如图 5-137 所示。

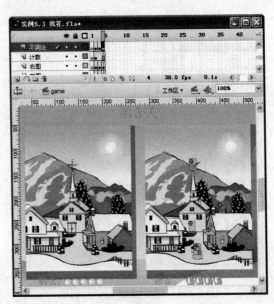

图 5-137　隐形按钮 MC 实例化

步骤 21：单击"插入图层"按钮，插入名为"时间"的图层。在第 2 帧处按 F7 键插入空白关键帧。在舞台的右上角输入静态文本"时间"，再设置一个动态文本框，并在"属性"面板中设置"变量"为"time"，如图 5-138 所示。

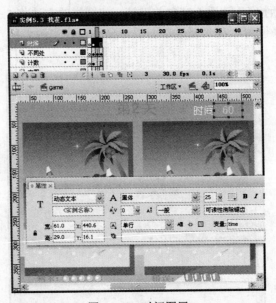

图 5-138　时间图层

提示　变量的设置不可少，因为在后面的代码中将引用。

步骤 22：单击"插入图层"按钮，插入名为"下一关"的图层。在第 2 帧处按 F7 键插入空白关键帧。将库中制作好的"下一关按钮"拖放到舞台的右下角。选中按钮，按 F9 键弹出"动作"面板并输入按钮代码，如图 5-139 所示。

图 5-139　下一关图层和下一关按钮代码

```
on (release) {
    this.nextFrame();              //跳转到下一帧
    this.good.gotoAndStop(1);      //跳转到"good"影片剪辑第 1 帧并停止
    clearInterval(jishi);          //停止 setInterval（）调用 daojishi 函数
}
```

步骤 23：在第 3 帧处按 F7 键插入空白关键帧。按同样的方法在舞台的右下角放置"上一关按钮"和"下一关按钮"，分别选中按钮，按 F9 键弹出"动作"面板并输入按钮代码，如图 5-140 所示。

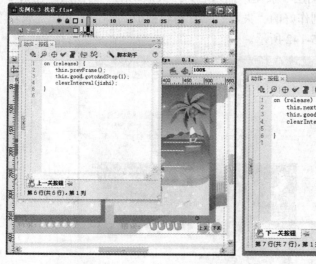

图 5-140　上一关按钮代码

"上一关按钮"代码如下：

```
on (release) {
    this.prevFrame();    //跳转到下一帧
```

```
        this.good.gotoAndStop(1);    //跳转到影片剪辑"good"的第 1 帧并停止
        clearInterval(jishi);    //停止 setInterval 调用 daojishi 函数
    }
```

"下一关按钮"按钮代码与步骤 22 代码相同。

步骤 24：在第 7 帧处按 F7 键插入空白关键帧。按同样的方法在舞台的右下角放置"上一关按钮"。选中按钮，按 F9 键弹出"动作"面板并输入按钮代码，如图 5-141 所示。

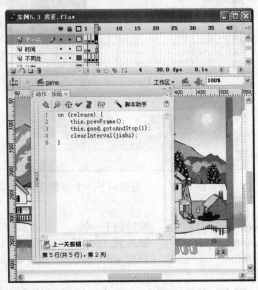

图 5-141　上一关按钮代码

"上一关按钮"按钮代码与步骤 23 代码相同。

步骤 25：单击"插入图层"按钮，插入名为"失败动画"的图层。在第 2 帧处按 F7 键插入空白关键帧。将库中制作好的"失败"影片剪辑拖放到舞台，并在"属性"面板中设置实例名称为"over"，如图 5-142 所示。

图 5-142　失败动画图层和实例名称

步骤 26：单击"插入图层"按钮，插入名为"胜利动画"的图层。在第 2 帧处按 F7 键插入空白关键帧。将库中制作好的"成功"影片剪辑拖放到舞台，并在"属性"面板中设置实例名称为"good"，如图 5-143 所示。

图 5-143　失败动画图层和实例名称

步骤 27：单击"插入图层"按钮，插入名为"白框"的图层。在第 1 帧中绘制一个空心的白色矩形，遮挡住舞台以外的图像，如图 5-144 所示。

图 5-144　白框制作

步骤 28：单击"插入图层"按钮，插入一个名为"actions"的图层。在第 1 帧处按 F9 键弹出"动作"面板输入代码，如图 5-145 所示。

图 5-145　actions 图层

　　stop();　　//停止

　　步骤 29：在第 2 帧处按 F7 键插入空白关键帧，按 F9 键弹出"动作"面板输入代码，如图 5-146 所示。

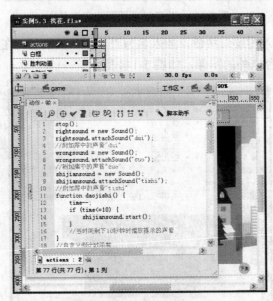

图 5-146　第 2 帧代码

stop();

rightsound = new Sound();

rightsound.attachSound("dui");

//附加库中的声音"dui"

wrongsound = new Sound();

wrongsound.attachSound("cuo");

```
//附加库中的声音"cuo"
shijiansound = new Sound();
shijiansound.attachSound("daojishi");
//附加库中的声音"tishi"
function daojishi() {
    time--;
    if (time<=10) {
        shijiansound.start();
    }
    //当时间剩下 10 秒钟时播放提示的声音
}
//自定义倒计时函数
function jieshu() {
    for (i=1; i<=5; i++) {
        _root["diff"+i].bt.enabled = 0;
    }
}
//定义游戏结束后所有按钮都被禁用的函数
function chushihua() {
    time = 40;
    //初始化时间
    winlin = 0;
    //初始化 winlin
    loselin = 0;
    //初始化 loselin
    jishi = setInterval(daojishi, 1000);
    //每秒钟调用一次 daojishi 函数
    for (i=1; i<=5; i++) {
        _root["diff"+i].gotoAndStop(1);
        _root["diff"+i].bt.enabled = 1;
    }
    //diff1-diff5 全部跳回第一帧
    _root.youtu1.enabled = 1;
    //实例 youtu1 恢复为启用状态
    _root.wrong.gotoAndStop(1);
    //显示点错几次的影片剪辑跳回第 1 帧
    _root.diffpoint.gotoAndStop(1);
    //显示已经找到几处错误的影片剪辑跳回第 1 帧
}
//自定义初始化函数
chushihua();
//调用 chushihua 函数
onEnterFrame = function() {
    if ((time == 0 || _root.wrong._currentframe == 5) && loselin == 0) {
        //如果时间为 0 或 wrong 到了最后一帧，并且 loselin 为 0 时
        _root.over.play();
```

```
            //播放游戏结束的反馈
            clearInterval(jishi);
            //停止 setInterval() 调用 daojishi 函数
            _root.youtu1.enabled = 0;
            //youtu1 变为被禁用状态
            loselin = 1;
            //上面的条件不再成立，即上面三行只执行一次，不会重复被执行
            jieshu();
            //调用 jieshu 函数，所有按钮被禁用
        }
    if (_root.diffpoint._currentframe == 6 && winlin == 0) {
        //如果 diffpoint 到了最后一帧，并且 winlin 为 0 时
        _root.good.play();
        //播放成功的反馈
        clearInterval(jishi);
        //停止 setInterval() 调用 daojishi 函数
        _root.youtu1.enabled = 0;
        //youtu1 变为被禁用状态
        winlin = 1;
        //上面的条件不再成立，即上面三行只执行一次，不会重复被执行
        jieshu();
        //调用 jieshu 函数，所有按钮被禁用
    }
};
```

步骤 30：在第 3 帧处按 F7 键插入空白关键帧，按 F9 键弹出"动作"面板输入代码，如图 5-147 所示。

图 5-147　第 3 帧代码

```
stop();
rightsound = new Sound();
rightsound.attachSound("dui");
wrongsound = new Sound();
wrongsound.attachSound("cuo");
shijiansound = new Sound();
shijiansound.attachSound("daojishi");
function daojishi() {
    time--;
    if (time<=10) {
        shijiansound.start();
    }
}
//游戏结束
function jieshu() {
    for (i=6; i<=10; i++) {
        _root["diff"+i].bt.enabled = 0;
    }
}
function chushihua() {
    time = 40;
    winlin = 0;
    loselin = 0;
    jishi = setInterval(daojishi, 1000);
    for (i=6; i<=10; i++) {
        _root["diff"+i].gotoAndStop(1);
        _root["diff"+i].bt.enabled = 1;
    }
    _root.youtu2.enabled = 1;
    _root.wrong.gotoAndStop(1);
    _root.diffpoint.gotoAndStop(1);
}
//重新开始
chushihua();
onEnterFrame = function() {
    if ((time == 0 || _root.wrong._currentframe == 5) && loselin == 0) {
        loselin = 1;
        _root.over.play();
        clearInterval(jishi);
        _root.youtu2.enabled = 0;
        jieshu();
    }
    if (_root.diffpoint._currentframe == 6 && winlin == 0) {
        winlin = 1;
        _root.good.play();
        clearInterval(jishi);
```

```
                _root.youtu2.enabled = 0;
                jieshu();
            }
        }
    };
```

步骤 31：在第 4 帧处按 F7 键插入空白关键帧，按 F9 键弹出"动作"面板输入代码，如图 5-148 所示。

图 5-148　第 4 帧代码

```
stop();
rightsound = new Sound();
rightsound.attachSound("dui");
wrongsound = new Sound();
wrongsound.attachSound("cuo");
shijiansound = new Sound();
shijiansound.attachSound("daojishi");
function daojishi() {
    time--;
    if (time<=10) {
        shijiansound.start();
    }
}
//游戏结束
function jieshu() {
    for (i=11; i<=15; i++) {
        _root["diff"+i].bt.enabled = 0;
    }
}
function chushihua() {
    time = 40;
    winlin = 0;
    loselin = 0;
```

```
jishi = setInterval(daojishi, 1000);
for (i=11; i<=15; i++) {
        _root["diff"+i].gotoAndStop(1);
        _root["diff"+i].bt.enabled = 1;
}
_root.youtu3.enabled = 1;
_root.wrong.gotoAndStop(1);
_root.diffpoint.gotoAndStop(1);
}
//重新开始
chushihua();
onEnterFrame = function() {
    if ((time == 0 || _root.wrong._currentframe == 5) && loselin == 0) {
        loselin = 1;
        _root.over.play();
        clearInterval(jishi);
        _root.youtu3.enabled = 0;
        jieshu();
    }
    if (_root.diffpoint._currentframe == 6 && winlin == 0) {
        winlin = 1;
        _root.good.play();
        clearInterval(jishi);
        _root.youtu3.enabled = 0;
        jieshu();
    }
};
```

步骤32：将素材文件夹中导入到库中的声音元件设置链接属性。设置"正确"声音元件"链接属性"的"标识符"为"dui"，如图 5-149 所示。

图 5-149   声音链接属性

提示 在第 2 到 4 帧代码中，rightsound.attachSound("dui");附加了该声音。

步骤 33：按同样的方法设置其他声音的链接属性。"倒计时"设置"标识符"为"daojishi"；"错误"设置"标识符"为"cuo"，如图 5-150 所示。

步骤 34：游戏制作完成的时间轴如图 5-151 所示。

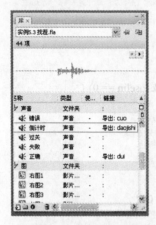

图 5-150 声音链接属性

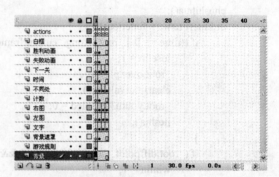

图 5-151 时间轴

步骤 35：按组合键 Ctrl+Enter 预览效果，如图 5-152 所示。

图 5-152 预览效果

本章小结

本章介绍了 Flash 游戏制作的实例。主要介绍了制作 Flash 游戏前的准备工作，讲解和分析了 Flash 游戏实例。通过对变装游戏、接礼物游戏、找茬游戏的讲解，来练习和熟练 Flash 编程技巧和主要函数的运用。实例中分析了一个 Flash 游戏制作的过程和注意事项，是读者今后进行 Flash 游戏制作工作的基础。

习题五

单选题

1. 以下脚本输出的结果是（ ）。

    var i:Number = 0　　while (i< 10) { trace(i) i = i+3 }

    A．0 3 6 9   B．0 3   C．3 6   D．9

2. 以下脚本输出的结果是（ ）。

    for (var i = 0 ; i< 5; i++) { trace(i); }

    A．0 1 2 3 4   B．0 1 2 3 4 5

    C．1 2 3 4   D．1 2 3 4 5

3. 在颜色处理时，下面哪些可以对文本进行颜色填充？（ ）

    A．纯色   B．渐变色   C．位图图像   D．矢量图图像

4. 如果游戏的主场景中只有一个关键帧，而游戏的背景元件是一个循环的动画，那么该背景元件是哪种类型？（ ）

    A．按钮   B．影片剪辑   C．图形   D．链接剪辑

5. 关于动态文本框的说法正确的是（ ）。

    A．动态文本框的变量名称是任意的

    B．动态文本框只能用来显示数字

    C．动态文本框不能显示多行动态文本

    D．可以为动态文本框的文本添加滤镜中的效果

6. 下列可以控制影片剪辑元件宽度的是（ ）。

    A．_visible   B．_alpha   C．_height   D．_width

7. 下列选项中能添加实例名称的是？（ ）

    A．动态文本   B．图形元件

    C．线条   D．色块

8. 下列选项哪一个不属于按钮事件？（ ）

    A．on(press){}   B．on(rollOut){}

    C．on(rollOver){}   D．onClipEvent(load){}

9. 拖动影片剪辑的函数是（ ）。

    A．onDrag()   B．startDrag()

    C．destroyDrag()   D．Drag()

10. 下列关于 mc.gotoAndPlay(" name")的含义叙述正确的是（ ）。

    A．mc 可以任意跳转播放

    B．mc 可以跳转到帧标签为 name 的帧播放

    C．mc 只能在当前的场景播放

    D．mc 跳转到下一帧停止

www.waterpub.com.cn

出版精品教材　服务高校师生

以普通高等教育"十一五"国家级规划教材为龙头带动精品教材建设

普通高等院校"十一五"国家级规划教材

21世纪高等学校精品规划教材

高等院校"十一五"规划教材

普通高等教育"十一五"规划教材

21世纪高等院校计算机系列教材

21世纪电子商务与现代物流管理系列教材

新世纪电子信息与自动化系列课程改革教材

21世纪高等院校计算机科学规划教材

21世纪高等院校课程设计丛书

21世纪高等院校规划教材